中南财经政法大学教材建设项目"《诗经》爱情诗注析"(JC2022028)成果

中央高校基本科研业务费专项资金资助项目"甲骨文构形典型特征研究"(2722022BY012)成果

国家社科基金重大项目"草创时期甲骨文考释文献的整理与研究"(20&ZD307)成果

国家语委科研项目"甲骨文在现行汉字中的留存状态研究"(YB145-58)成果

《诗经》爱情诗注析

谭飞　著

WUHAN UNIVERSITY PRESS
武汉大学出版社

图书在版编目(CIP)数据

《诗经》爱情诗注析/谭飞著.—武汉：武汉大学出版社,2023.7
ISBN 978-7-307-23585-4

Ⅰ.诗… Ⅱ.谭… Ⅲ.《诗经》—爱情诗—诗歌研究 Ⅳ.I207.222

中国国家版本馆 CIP 数据核字(2023)第 043741 号

责任编辑:蒋培卓 责任校对:鄢春梅 版式设计:马 佳

出版发行: 武汉大学出版社 (430072 武昌 珞珈山)
(电子邮箱: cbs22@ whu.edu.cn 网址: www.wdp.com.cn)
印刷:湖北恒泰印务有限公司
开本:720×1000 1/16 印张:12.25 字数:180 千字 插页:1
版次:2023 年 7 月第 1 版 2023 年 7 月第 1 次印刷
ISBN 978-7-307-23585-4 定价:56.00 元

序

　　《诗经》是我国第一部诗歌总集,是儒家"六经"中非常重要的一部经典。它被誉为我国现实主义文学的源头,对我国三千多年的社会、政治、思想、文化有着深刻的影响。《诗经》中的许多爱情篇章情感真挚,词句优美,韵律和谐,千载之下仍能拨动我们的心弦,带给我们美的享受。

　　为了弘扬优秀传统文化,提高大学各类专业学生的文学素养,帮助大学生培养高尚的道德情操和敏锐的美的感受能力,谭飞面向全校开设了通识课"《诗经》爱情诗赏析",并在课程讲义的基础上打磨加工,撰成这部教材。

　　这部教材没有按照《诗经》原有的"风""雅""颂"板块体系组织章节,而是从内容角度构建了《诗经》爱情诗的一个层级体系。在第一层级将《诗经》爱情诗分为"恋爱定情""婚恋生活""失恋失婚"三大类;"恋爱定情"下再分"邂逅萌动""思慕爱恋""甜蜜约会""求爱定情""痴情抗争"五小类,"婚恋生活"下再分"婚礼祝福""夫妻恩爱""思乡怀亲""思妇征夫""归家重逢"五小类,"失恋失婚"下再分"失恋""失婚""悼亡"三小类。这一分类体系大致依据爱情婚姻的发展历程,颇有条理,使《诗经》爱情诗的具体篇章都纳入一个时间轴体系,有了大致的定位,同时又为学生把握《诗经》爱情诗的整体面貌提供了方便。

　　这部教材不同于同类教材的最大特点是在字词训释过程中注重字形分

析和相关词语勾连。作者研治古文字学多年，出版有《罗振玉文字学研究》《汉字字形与理据的历时互动研究》《汉字溯源》三部专著。他发挥自己的专业优势，对《诗经》爱情诗进行注释时于重点字词注重分析其字形结构，点明本义。如第一章第一节“邂逅萌动”下注释《郑风・野有蔓草》“野有蔓草”之“野”时说：“野：甲骨文作，从林从土，本指郊外。”注释这首诗“有美一人”之“美”时说：“美：甲骨文作、，以人戴羊角、羽毛之类的饰物会意，本指视觉上感知到的美。”注释《郑风・溱洧》“方秉蕑兮”之“秉”时说：“秉：执持。甲骨文作，从又从禾，以手持禾会执持之意。”这种注释，形象生动，能激发读者的阅读兴趣，加深读者对词义的理解。教材还在注释某些词时，注重拓展开来，除了联系《诗经》其他诗句比较互证外，常常勾连与该词相关的词语。如第一章第一节“邂逅萌动”下注释《郑风・野有蔓草》“野有蔓草”之“蔓”时说：“蔓草：茎长而缠绕攀缘的杂草。蔓，形声字，从艸曼声。‘曼’有引长的意味，《说文》：‘曼，引也。’《楚辞・九章・哀郢》：‘曼余目以流观兮。’指目光延长。《楚辞・离骚》：‘路曼曼其修远兮，吾将上下而求索。’指道路延长。《列子・汤问》：‘韩娥因曼声哀哭。’指声音延长。含有‘曼’的鳗、漫、馒、幔、慢等字也有延长、延展的意味，鳗鱼身体细长，漫是水向四周流布，馒是面粉发酵、膨大，幔是展开的布，慢是心志涣散。”这是由“长而缠绕”的“蔓”说到它的声符“曼”，指出“曼”有“引长”义，再系联以“曼”为声符的“鳗、漫、馒、幔、慢”等字，指出它们“也有延长、延展的意味”，从而系联了一个同源词群。又如第三章第二节“失婚”下注释《小雅・白华》“白华菅兮”之“华”说：“华：花。金文作命簋，下象茎叶，上象盛开的花朵。‘春华秋实’‘华而不实’的‘华’犹可见其本义。”这是在指出“华”的本义是“花”之后，引出还保留“华”的本义的两个成语“春华秋实”“华而不实”。类似的处理颇多，常给人豁然开朗之感。这种勾连相关词语的做法有两个作用，一是可使读者对诗中的这个词有更深刻的理解，二是可以帮助读者扩充知识面。这部教材注重分析字形和勾连相关词语实际上是将语言文字知识的教学与文学鉴赏有机结合起来了，对于大学的通识课建设来说，将语言学元素和文学元素融为一体，确实是一种有益的尝试。

这部教材的文学赏析也有自己的特点。作者对一首诗的分析不求面面俱到，往往只突出该首诗最有特色的方面。适当淡化容易感知和理解的内容，引导读者去关注容易忽略的细微的动人之处。出人意表而又在情理之中，给人耳目一新之感。简洁明快，可读性强。如第一章第一节"邂逅萌动"下对《郑风·溱洧》的分析重点突出"士"与"女"一个木讷，一个主动。作者还贴近年轻学子的心理特点，与他们站在同一视角去发掘诗歌的情感内涵，作出符合现代观念的阐释。如第一章第二节"思慕爱恋"下分析《秦风·蒹葭》说："也许正是因为对美好求而不得，才那么刻骨铭心，而这又何尝不是一种美好呢？距离让美好更美好。"

总的说来，这是一部很有特色的教材。我衷心祝贺谭飞又一部著作问世，相信它的出版会进一步推动他所主持的这门通识课的建设，也能为高校同行同类课程的建设提供有益的借鉴。

卢烈红
二〇二二年夏于珞珈山

前　言

　　《诗经》是我国第一部诗歌总集，共收入自西周初年至春秋中叶 500 多年的诗歌 311 篇，其中 6 篇为笙诗，只有标题没有内容，这样，有内容的就是 305 篇。关于《诗经》的价值，早有公论。

　　《诗经》本称为《诗》，西汉奉为儒家经典后遂名《诗经》，类似的《易》《书》后世也称作《易经》《书经》。《诗经》在体例上分为风、雅、颂。风主要是地方民歌，《诗经》有十五国风，国即诸侯国，在周代它们相对于中央而言都是地方。风土人情、风俗习惯等词指的都是流传于一个地方的习俗、礼仪等。雅分大雅、小雅，大概是根据演唱场合的正式程度和聚会人员的身份等级区分的，《诗·大序》："雅者，正也，言王政之所由废兴也。政有小大，故有《小雅》焉，有《大雅》焉。"后世"难登大雅之堂"的说法其来有自。颂大多是宗庙祭祀的篇章。《诗·大序》："颂者，美盛德之形容，以其成功告于神明者也。"将功德告于祖先神灵，所谓歌功颂德是也。《诗经》的表现手法主要有赋、比、兴。赋就是铺陈，《诗集传》："赋者，敷陈其事而直言之也。"多角度、多方面描述事物、抒发情感。比就是譬喻，《诗集传》："比者，以彼物比此物也。"用形象的手段表达抽象的情绪。兴就是渲染触发，《诗集传》："兴者，先言他物以引起所咏之词也。"一般是用相关的内容做铺垫，引出正文。但少数诗篇用了格式化的句子，内容上似乎关联不是很大了。《诗经》篇章主要来源于采诗和献诗，采诗是政府组织人员到民间收集优秀作品，现在很多文艺工作仍常到地方采风，寻找创作灵感；献诗则主要是贵族聚会时所作，多为祭祀神鬼、歌功颂德。《诗经》很早即被整理成集，约成书于春秋中期，《论语》有"不学诗，无以言"，可见很早就已成为古人的必读书目了。流传中，有些篇章可能经过了一定的调整，遂成今天的面貌。

对《诗经》的解读，历来众说纷纭。汉代的董仲舒说"诗无达诂"，这样一来，似乎只要能自圆其说，都是可以接受的了。有些注本累积了历代注者太多的主观倾向，以至于不少读者觉得《诗经》文意扑朔迷离。我们认为，作为创作者本人，他还是想传达一个明确的意思的，不过，由于年代实在久远，古人的真实想法着实已难揣测，加上文本流传偏差，有些篇章可能早已失去本来面目，解读着实不易。但就整体文本而言，还是应该有一个确切的思想的，至于是不是在通过一种隐晦的方式讽喻，就不得而知了。但即便是这样，讽喻总得有个凭依，准确把握讽喻的生发点，也就是文本本身所传达的意思，也是件非常重要的事。有鉴于此，我们优先从文本出发，不作过度的推断和演绎，尽可能地呈现文本完整的原始意思。让爱情回归本真与纯粹。至于文本的言外之意，就留给读者诸公去品悟吧。当然，毕竟是诗，自然有诗的表现手法、意境与韵味，我们从字词入手，整体把握，有机关联诸多细节，一起感受诗中的美好与感伤，品味《诗经》的动人之处。

《诗经》里的爱情篇章内容丰富，情感真挚，是《诗经》中艺术成就最高的作品。"邂逅相遇，适我愿兮"：一见钟情的浪漫，在最好的年纪遇见最好的你，在最美的时光遇见最美的你；"月出皎兮，佼人僚兮"：你是我的月亮，照亮了我的生活；"所谓伊人，在水一方""溯洄从之，道阻且长"：明明近在眼前，却感觉远在天边，伸出手，却无法触及你；"出其东门，有女如云。虽则如云，匪我思存。缟衣綦巾，聊乐我员"：哪怕你素颜便服，都让那盛妆华服的美女们黯然失色，一见到你就按捺不住地开心；"求之不得，寤寐思服。悠哉悠哉，辗转反侧"：梦里梦外都是你，想啊想啊，你何时才能做我的新娘；"静女其姝，俟我于城隅。爱而不见，搔首踟蹰"：在我眼里你永远是最美，迫不及待想见你；"投我以木瓜，报之以琼琚"：礼物不分轻重，情意自在心中，我要把世间最美好的都给你；"一日不见，如三月兮"：分开的一分一秒都那么漫长，想你的一分一秒都是煎熬；"桃之夭夭，灼灼其华。之子于归，宜其室家"：做最美的新娘，组建最幸福的家庭；"自伯之东，首如飞蓬。岂无膏沐？谁适为容！"：独守空闺，早已懒得梳妆打扮，你不在，妆容再精致又能给谁看？"执子之手，与子偕老""琴瑟在御，莫不静好"：我能想到最浪漫的事，就是和你一起慢慢变老……通读《诗经》爱情相关篇目，不难发现，几乎没有功利性的考量，感情纯粹真挚当是其魅力亘贯古今的重要原因。让我们一起回到《诗经》的年代，感受纯净而美好的爱情。

我们选取的是与爱情有关的一些篇目，因为这类篇章相对更为生动，相关篇章占比比较大；再则，因为题材相同，在描写人物、刻画心理、抒发情感、表现习俗以及遣词造句等方面必然呈现出一定的共性，有利于相互参证，从而更准确地把握文本、更深刻地理解文意，感受蕴藏其间的文化。综合前人观点，我们择取了92篇，按情感发展历程，把这些篇目大体分为三大类：一是"爱慕思念"37篇，二是"婚恋生活"40篇，三是"失恋失婚"15篇。各为一章，每章之下，再按具体内容将相关诗篇分作若干节，如"恋爱定情"章下，"邂逅萌动"一节，收3首表现男女相遇萌生情愫的诗篇；"思慕爱恋"一节，收有6首男思女和7首女思男的诗篇；"甜蜜约会"一节，收诗9首；"求爱定情"一节，收诗7首；"痴情抗争"一节，收诗5首。"婚恋生活"章下，"婚礼祝福"一节，收诗12首；"夫妻恩爱"一节，收诗7首；"思乡怀亲"一节，收诗4首；"思妇征夫"一节，收诗15首；"归家重逢"一节，收诗2首。"失恋失婚"章下，"失恋"一节，收诗2首；"失婚"一节，收诗10首；"悼亡"一节，收诗3首。

我们的总体构想是，采取语言与文学相结合的视角，既理性追讨文本呈现出来的画面，又于字词等细微处感受《诗经》的浪漫与悲喜。以字的本形本义为出发点，以文通字顺为原则，着力探析文本的真实面貌，尽量避免过于主观的演绎与推测。

目　录

第一章　恋爱定情

第一节　邂逅萌动

1. 郑风·野有蔓草

【题解】

一见钟情，在对的时间遇见对的人。

【诗篇】

> 野有蔓草①，零露漙兮②。
> 有美一人③，清扬婉兮④。
> 邂逅相遇⑤，适我愿兮⑥。
>
> 野有蔓草，零露瀼瀼⑦。
> 有美一人，婉如清扬⑧。
> 邂逅相遇，与子偕臧⑨。

【注释】

①野：甲骨文作𣃁，从林从土，本指郊外。战国时期，出现从田从土予声的写法，小篆承之，沿用至今。《说文·冂》："邑外谓之郊，郊外谓之野，野外谓之林，林外谓之冂。"

蔓草：茎长而缠绕攀缘的杂草。蔓，形声字，从艸曼声。“曼”有引长的意味：《说文》：“曼，引也。”《楚辞·九章·哀郢》：“曼余目以流观兮。”指目光延长。《楚辞·离骚》：“路曼曼其修远兮，吾将上下而求索。”指道路延长。《列子·汤问》：“韩娥因曼声哀哭。”指声音延长。含有“曼”的鳗、漫、馒、幔、慢等字也有延长、延展的意味，鳗鱼身体细长，漫是水向四周流布，馒是面粉发酵、膨大，幔是展开的布，慢是心志涣散。

②零：从雨令声，指雨降落，引申指如雨水一般降落、零碎等。感激涕零，指泪如雨下。草木凋零，指枯败散落。零头、零食、零钱、零售、零件等，均为正、整之外的。

漙(tuán)：从水專声。《毛传》：“漙，漙然盛多也。”《经典释文》：“漙，本又作團。”则有圆润义。《说文》：“摶，圜也。从手專声。”指用手搓团，轉本指车轮运转，均有圆义。專，汉字简化时草书楷化为“专”，含有“專”的傳、摶、轉、磚等字类推简化为传、抟、转、砖，漙也就简化成了湪。

③有：词头，附在名词、动词、形容词前。常见的如加在国族名前的“有夏”“有殷”等。

美：甲骨文作、，以人戴羊角、羽毛之类的饰物会意，本指视觉上感知到的美。看到美而心情欢畅，悦目赏心相关联，引申泛指能使人产生愉悦感、满足感的美，如美酒、美味、美梦、美德、美文、美差等。

④清扬：《毛传》：“清扬，眉目之间婉然美也。”也就是眉清目秀的意思。眉目折射气质、流露情感、传达情意。

婉：柔美。曲者柔。宛，典籍中多有屈曲义，徐灏《说文解字注笺》：“宛从宀，盖谓宫室窈然深曲，引申为凡圆曲之称，又为屈折之称。”蛇类曲折爬行为“蜿蜒”，亦有弯曲义。

⑤邂逅：联绵词。不期而遇，强调相遇的偶然。两字均从“辶”，表动作义。

相：甲骨文作，从木从目，以观察树木会省视之意，“相马”“相面”

"相亲"等即用此义。引申指相互，段玉裁《说文解字注》："目接物曰相，故凡彼此交接皆曰相。"

⑥适：符合，因为符合心愿、期待而感到满意。

⑦瀼瀼(ráng)：《毛传》："瀼瀼，露蕃貌。"叠音词多为描摹事物状态，此为露水，故从水。熙熙攘攘中的"攘攘"形容人拥挤，读音与"瀼瀼"同，都有多的意味。

⑧如：放在形容词后，表状态。类似的如"突如其来""空空如也"，"突如"即突然，"空空如"即空空的样子。《易·离》："《象》曰：'突如，其来如'，无所容也。"《论语·子罕》："子曰：'吾有知乎哉？无知也。有鄙夫问于我，空空如也，我叩其两端而竭焉。'"

⑨偕：共同，都。

臧(zāng)：善，好。《毛传》："臧，善也。"《说文》："臧，善也。"段注："凡物善者必隐于内也。以从艸之藏为臧匿字始于汉末。"《左传·宣公十二年》："执事顺成为臧，逆为否。"朱熹《诗集传》："偕臧，言各得其所欲也。"

【简析】

"野有蔓草，零露漙兮"，郑笺："蔓草而有露，谓仲春之月，草始生，霜为露也。"《周礼·地官》："仲春之月，令会男女。"诗作写的是美好的时节、美好的风景、美好的年纪的美丽相遇。朱熹《诗集传》："男女相遇于田野草露之间，故赋其所在以起兴。"开篇以蔓草、露珠起兴，蔓草的柔美、露珠的晶莹剔透，衬托着即将出场的美女。"有美一人"，作者的目光一下子被一个美女吸引住了，周围的一切似乎都失去了光彩，一见倾心，感情的自然发生总是感性的。但感情毕竟不能盲目，作为一个初次相遇的陌生人，只能尽力捕捉所有可能反映她性情的细节，"清扬婉兮"，她眉眼清澈，举止温柔，优雅的淑女气质照亮了作者的心房。"邂逅相遇，适我愿兮"，眼前不期而遇的这位美女，符合作者对理想恋人的所有幻想。

第二章前两句重章叠唱，良辰美景映佳人。最后一句"邂逅相遇，与子偕臧"，与首章的"适我愿兮"相比，由一人变为两人，单方面的一见倾心发展为两情相悦，偶然相遇，遇见了对的那个人，幸福来得自然又突然。你倾慕的人刚好也喜欢你，这不就是完美爱情的开始吗？

一厢情愿是自作多情，两情相悦才是理想的爱情。

2. 郑风·溱洧

【题解】

爱情里总有一方要主动，错过了可能就真的错过了。

【诗篇】

溱与洧①，方涣涣兮②。
士与女③，方秉蕳兮④。
女曰："观乎？"
士曰："既且⑤。""且往观乎！"
洧之外，洵讦且乐⑥。
维士与女⑦，伊其相谑⑧，赠之以勺药⑨。

溱与洧，浏其清矣⑩。
士与女，殷其盈矣⑪。
女曰："观乎？"
士曰："既且。""且往观乎！"
洧之外，洵讦且乐。
维士与女，伊其将谑，赠之以勺药。

【注释】

①溱（zhēn）：河流名。

洧（wěi）：河流名。

②方：正。"方兴未艾""如日方中""来日方长"的"方"即用此义。

涣：《说文》："涣，流散也。从水奂声。""涣散""涣然冰释"的"涣"即用此义。《毛传》："涣涣，春水盛也。"《郑笺》："仲春之时，冰以释，水则涣涣然。"

③士：由"王"分化而来，本指武士，泛化为男子的通称。甲骨文"王"作🔺、🔺，为象征王权的斧钺。

④秉：执持。甲骨文作🔾，从又从禾，以手持禾会执持之意。"秉持""秉烛夜游"等的"秉"即用本义。

蕳（jiān）：南朝宋盛弘之《荆州记》："其物可杀虫毒，除不祥。故郑人方春三月，于溱洧之上，士女相与秉蕳而被除。"《尔雅翼》："蕳草，大都似泽兰。"

⑤既：已经。甲骨文作🔾，以"人吃完"表示已经、完成的意思。"既然"，意思是已经这样，词义虚化作连词使用。

且：借用为"徂"。徂，往也，《说文》为"𣎐"的异体字，𣎐，从辵且声。

且：再。

⑥洵：副词，实在、确实。

訏（xū）：《毛传》："訏，大也。"

⑦维：助词。类似的如"维妙维肖""咸与维新""举步维艰"等。

⑧伊：助词。类似的如"下车伊始"。《毛传》："伊，维也。"

谑：戏谑、开玩笑。

⑨勺药：《毛传》："勺药，香草也。"《郑笺》："其别，则送女以勺药，结恩情也。"马瑞辰《毛诗传笺通释》："以芍与约同声，故假借为结约也。"

古人还有折柳送别之俗，均取谐音之意。

⑩浏：深且清。《毛传》："浏，深貌。"《说文》："浏，流清貌。"

其：助词，然。《秦风·小戎》有"温其如玉"，用法相同。"与其""尤其""极其""何其"等中的"其"均无实义。

⑪殷：众、多。"殷"甲骨文作 𝄇，为人身体内部有病痛，以针灸治之。引申指深、盛、大、众等。殷勤，即情意深厚。殷切，即深厚迫切。殷实，即富裕充实。

盈：《说文》："盈，满器也。"泛指满、多。"笑盈盈"指满脸微笑，"热泪盈眶"指满眼是泪，"宾客盈门"指人多，"扭亏为盈"指利多。

【简析】

三月上旬巳日，又是一年的上巳日。溱水与洧水都涨起来了，郑国人聚集在河边，男男女女手拿着蕑草。《韩诗章句》："当此盛流之时，士与女众方执兰，拂除邪恶。"茫茫人海中，能遇上个看得顺眼的人也是缘分，一个女孩向一个男孩发出邀约："去那边看看？"男孩说："已经去过了。"女孩说："那就再陪我去看看嘛。"洧水边实在是开阔，一片欢乐的海洋。男男女女嬉戏玩耍，赠送勺药传情意。

溱水和洧水深又清，水边到处是人。女孩对男孩说："去那边看看？"男孩说："已经去过了。"女孩说："那就再陪我去看看嘛。"洧水边实在是开阔，一片欢乐的海洋。男男女女嬉戏玩耍，赠送勺药传情意。

一个木讷，一个主动，情愫在嬉戏中滋长。自然的春天，人生的春天，一切充满生机，一切都那么美好。

上巳节为我国传统节日，春暖花开，桃红柳绿，草长莺飞，郊游踏青，士女云集，不免有浪漫的故事发生。上巳日多逢三月初三，魏晋以后，该节日改为三月三。宋吴自牧《梦粱录》："三月三日上巳之辰，曲水流觞故事，起于晋时。"明汤显祖《上巳燕至》："一回憔悴望江南，不记兰亭三月三。"著名的《兰亭集序》即为上巳节文人雅集作的序。

3. 召南·摽有梅

【题解】

红颜易老，爱在何方？

【诗篇】

> 摽有梅①，其实七兮②。
> 求我庶士③，迨其吉兮④。
>
> 摽有梅，其实三兮。
> 求我庶士，迨其今兮⑤。
>
> 摽有梅，顷筐塈之⑥。
> 求我庶士，迨其谓之⑦。

【注释】

①摽（biào）：《毛传》："摽，落也。"《说文》："摽，击也。从手票声。"

有：词头，附在名词、动词、形容词前。

梅：酸果，即《说文》之"某"，《说文》："某，酸果也。从木从甘。"假借作某人之某。《说文》："梅，枏也。可食。从木每声。楳，或从某。""楳""梅"晚出。陈奂《诗毛氏传疏》："梅由盛而衰，犹男女之年齿也。梅、媒声同，故诗人见梅而起兴。"后以"摽梅之年"指女子到了出嫁的年纪，有时也指男子到了婚配的年纪。

②实：果实。

七：七成。

③庶：众多。庶人，即众人；庶务，即各种事务；富庶，指物产丰

富，人口众多。

士：未婚男子。

④迨(dài)：郑玄笺："迨，及也。求女之当嫁者之众士，宜及其善时。善时，谓年二十。"后以"迨吉之期"指男女正当结婚的最佳年龄。

⑤今：现在。《毛传》："今，急辞也。"

⑥顷筐：斜口竹筐。《毛传》："顷筐，畚属，易盈之器也。""顷"为"倾"之本字。《说文》："顷，头不正也。从匕从页。"引申泛指倾斜。后以"倾筐之岁"指女子已到婚配年龄。

墍(xì)：通"摡"。《毛传》："墍，取也。"

⑦谓：告诉，说。《毛传》："但相告语而约可定矣。"

【简析】

成熟的梅子掉落了，树上还有七成。优质男青年，趁着大好青春，我们恋爱吧。"殆其吉兮"，充满了对美好爱情的憧憬与期待。梅子还有七成，不是太晚，所以怀着美好的期待与憧憬。

成熟的梅子掉落了，树上只剩三成。我的男朋友，你现在就出现吧。"殆其今兮"，就今天吧，已有些着急。梅子只剩三成，开始着急起来。

成熟的梅子掉落了，装满了浅筐。如果对我有意，你快开口告诉我呀。"殆其谓兮"，快开口，别犹豫，万一我答应了呢。随着年华逝去，十分着急。梅子都要落完了，迫不及待。

年轻当然希望一切都是自己理想中的样子，但青春易逝，不能总沉浸在虚无的幻想里。

第二节　思慕爱恋

1. 秦风·蒹葭

【题解】

心爱的人儿，近在眼前，而又仿佛远在天边。

【诗篇】

蒹葭苍苍①，白露为霜②。

所谓伊人③，在水一方④。

溯洄从之⑤，道阻且长⑥。

溯游从之⑦，宛在水中央⑧。

蒹葭凄凄⑨，白露未晞⑩。

所谓伊人，在水之湄⑪。

溯洄从之，道阻且跻⑫。

溯游从之，宛在水中坻⑬。

蒹葭采采⑭，白露未已⑮。

所谓伊人，在水之涘⑯。

溯洄从之，道阻且右⑰。

溯游从之，宛在水中沚⑱。

【注释】

①蒹葭(jiān jiā)：芦苇。

苍：《毛传》："苍苍，盛也。""郁郁苍苍"即指草木苍翠茂盛的样子。《说文》："苍，艸色也。"段注："引申为凡青黑色之称。""苍翠""苍松""苍山"等的"苍"即用此义。苍生，本指苍苍然生长的草木，泛指一切生灵，专指百姓。苍白，本指颜色白而微青。

②为：形成、变成。

③伊人：这个人，意中人。

④方：旁、边。旁，声符为"方"，"彷徨"亦作"徬徨"。

⑤溯(sù)：从水朔声，逆流而上。

洄：从水从回，回兼声，逆流而上。《毛传》："逆流而上曰溯洄。"

从：甲骨文作𠘨，本义为跟从。

⑥阻：从𨸏且声，险要难行。

⑦游：河流的一段。上游、中游、下游即用此义。《毛传》："顺流而涉曰溯游。"

⑧宛：宛如、似乎。

⑨凄凄：同"萋萋"。《毛传》："萋萋，茂盛貌。"如"芳草萋萋"。《说文》："萋，艸盛。从艸妻声。"

⑩晞(xī)：从日希声，晒干。

⑪湄：水和草相接的地方。《说文》："湄，水艸交为湄。从水眉声。"

⑫跻(jī)：《毛传》："跻，升也。"《说文》："跻，登也。从足齐声。""跻身"有上升到某一位置、水平的意味。

⑬坻(chí)：水中小块高地。《说文》："坻，小渚也。"

⑭采采：《毛传》："采采，犹萋萋也。"茂盛的样子。

⑮已：停止，消失。

⑯涘(sì)：水边。《说文》："涘，水厓也。从水矣声。"

⑰右：曲折。郑玄笺："右者，言其迂回也。"

⑱沚(zhǐ)：水中小块高地。《说文》："沚，小渚曰沚。"《尔雅·释水》："小洲曰渚，小渚曰沚，小沚曰坻。"

【简析】

芦苇苍翠，露水结成了霜。心上人就在河对岸。逆流而上去寻她，道路险阻又漫长。顺流而下去找她，她仿佛在河中央。

芦苇茂盛，露水还没被晒干。心上人就在河边。逆流而上去寻她，道路险阻又高陡。顺流而下去找她，她仿佛在水中小洲上。

芦苇茂密，露水还没干。心上人就在水边。逆流而上去寻她，道路险阻又曲折。顺流而下去找她，她仿佛在水中小滩上。

各章前半部分可以感受到希望带来的欣喜，后半部分希望破灭，怅惘失落。"在水一方""在水之湄""在水之涘"，心仪之人似乎就在不远处，给人以朦胧的希望，"白露为霜""白露未晞""白露未已"，时间推移，"溯洄从之""溯游从之"，无论怎么努力，却始终无法接近。

也许正是因为对美好求而不得，才那么刻骨铭心，而这又何尝不是一种美好呢？距离让美好更美好。

2. 周南·汉广

【题解】

钟情的姑娘可见而不可求。

【诗篇】

南有乔木①，不可休思②；
汉有游女③，不可求思。
汉之广矣，不可泳思④；
江之永矣⑤，不可方思⑥。

翘翘错薪⑦，言刈其楚⑧；
之子于归⑨，言秣其马⑩。
汉之广矣，不可泳思；
江之永矣，不可方思。

翘翘错薪，言刈其蒌⑪；
之子于归，言秣其驹⑫。
汉之广矣，不可泳思；
江之永矣，不可方思。

【注释】

①乔：高。"乔木""乔迁"等的"乔"即用此义。《说文》："乔，高而曲也。从夭，从高省。"

②休：休息。甲骨文作 休、休，以人倚靠树木会意。《说文》："休，息止也。从人依木。"

思：语气助词。

③汉：汉水，长江支流之一。

游女：汉水女神。

④泳：游泳。《说文》："泳，潜行水中也。从水永声。"

⑤江：长江。

永：水流长。小篆作 永。《说文》："永，长也。象水巠理之长。"

⑥方：小筏，编竹木以为渡。

⑦翘：高。《说文》："翘，尾长毛也。从羽尧声。"引申泛指高举。如翘楚本指杂树丛中高出的荆树；翘首以盼指仰着头期盼。

错：杂乱，交错。即《说文》之逪，《说文》："逪，迭逪也。从辵昔声。"

薪：木柴。"抱薪救火""釜底抽薪""卧薪尝胆"等的"薪"均用此义。《说文》："薪，荛也。从艸新声。"《礼记》郑玄注："大者可析谓之薪，小者合束谓之柴。""新"为"薪"之本字，《说文》："新，取木也。"甲骨文作 新，为以斧斤砍劈木柴。假借为新旧字，遂增"艸"另造出"薪"字。

⑧言：语气助词。类似者如《左传·僖公九年》："既盟之后，言归于好。"

刈：割。《说文》："乂，芟艸也。……刈，乂或从刀。""方兴未艾"之"艾"的停止义实源于乂。

楚：《说文》："楚，丛木。一名荆也。从林疋声。""荆""楚"异名同实。郑玄笺："楚，杂薪之中尤翘翘者。"故有"翘楚"，后多喻指杰出的人才。古代嫁娶必燎炬为烛，故刘楚。

⑨之：这。"甘之若饴""置之度外"等的"之"即用作代词。

子：人的通称，如女子、内子、舟子。

于：《毛传》："于，往也。"疑为助词，无义，类似者如"凤凰于飞"。

归：《说文》："归，女嫁也。"《公羊传》："妇人谓嫁曰归。""归宿"犹存此义。

⑩秣：喂。《说文》："秣，食马谷也。从食末声。""厉兵秣马"的"秣"即用此义。

⑪蒌(lóu)：蒌蒿，白蒿。

⑫驹：《说文》："驹，马二岁曰驹。"此指少壮的马。如白驹过隙、千里驹。马高六尺为骄，五尺以上六尺以下曰驹。此当有精心挑选正健壮的马之意味。

【简析】

南方的乔木高高大大，但是却不能在底下休息。汉水边的美女，看得见却不能追求。汉水宽广，游不过去。长江悠长，编小筏也渡不过去。

杂草丛生，割取那长长的荆条，为婚礼篝火做准备。那个心仪的姑娘就要出嫁了，赶快喂饱马，准备好婚车。汉水宽广，游不过去。长江悠长，编小筏也渡不过去。

杂草丛生，割取那高高的蒌蒿，为婚礼篝火做准备。那个心仪的姑娘就要出嫁了，赶快喂饱马，准备好婚车。汉水宽广，游不过去。长江悠长，编小筏也渡不过去。

钟情的姑娘就要出嫁，从此与自己无关。有一种美好叫不打扰，理智保持距离。明知不可能，但仍放不下，独自承受，不打扰、不影响喜欢的人。首章连续几个"不可"，说明这段感情已无可能，充满失落、绝望。后两章言明原因，原来对方正在准备婚礼，而新郎不是自己，婚礼筹备场景越热闹，内心越痛苦。三章结尾反复念叨"汉之广矣，不可泳思""江之永矣，不可方思"，简单重复，情绪低落，可以想见一个绝望的人魂不守舍的样子和言之不尽的痛苦。

3. 王风·采葛

【题解】

亲爱的姑娘，与你分离的一分一秒都是那么漫长！

【诗篇】

彼采葛兮①，一日不见，如三月兮！

彼采萧兮②，一日不见，如三秋兮③！

彼采艾兮④，一日不见，如三岁兮⑤！

【注释】

①采：甲骨文作𤔤，摘取。

葛：葛草，纤维可以织布，多为夏衣。《毛传》：“葛，所以为绨绤(chī xì)。”细者曰绨，粗者曰绤。《说文》：“葛，绨绤，草也。”

②萧：艾蒿。《毛传》：“萧，所以共祭祀。”

③三秋：三个秋季。孔颖达疏：“年有四时，时皆三月，三秋谓九月也。”有时也指秋天，秋有三月，故曰三秋。

④艾：白艾，叶背密生白毛；可揉成艾绒灸病。《说文》：“艾，冰台也。从艸乂声。”《毛传》：“艾，所以疗疾。”

⑤岁：年。甲骨文多作𢁒、𦱠，假借斧钺之本字来表示；亦有作𢧵，从步戌声，古人通过观察岁星（木星）的运行判断岁月的推移。《说文》：“岁，木星也。越历二十八宿，宣遍阴阳，十二月一次。从步，戌声。”《豳风·七月》中“七月流火”正是通过观察大火星的运行来确定时节。

【简析】

那个采葛的姑娘，一天没见，好像隔了三个月！

那个采萧的姑娘，一天没见，好像隔了三个秋季！何以不是如隔三春或其他？秋日萧瑟，更易触发离别的感伤。

那个采艾的姑娘，一天没见，好像隔了三年！采摘的葛、萧、艾均为常用物质，富有生活气息，可见思念的是位勤劳的好姑娘。

葛、萧、艾均为古时日常生活必备，反映了青年男女为普通劳动者，富有生活气息。"一日不见，如隔三秋"与热恋中的主客体验契合度高，故得以广泛流传。

4. 陈风·月出

【题解】

有没有一个姑娘，像夜空里的月亮一样照亮你的心房？

【诗篇】

月出皎兮①，佼人僚兮②。

舒窈纠兮③，劳心悄兮④。

月出皓兮⑤，佼人懰兮⑥。

舒忧受兮⑦，劳心慅兮⑧。

月出照兮⑨，佼人燎兮⑩。

舒夭绍兮⑪，劳心惨兮⑫。

【注释】

①皎：洁白。《毛传》："皎，月光明。"《说文》："皎，月之白也。从白，交声。"

②佼：通"姣"，美好。《说文》："姣，好也。从女，交声。"

僚：美好。《毛传》："僚，好貌。"《说文》："僚，好貌。从人寮声。"段玉裁《说文解字注》："此僚之本义也。自借为同寮字而本义废矣。"同寮本指在同一官署任职的人，"盖同官者同居一寮，如俗云同学一处为同窗也"。"寮"本作"寮"，俗省作"寮"，《说文》："寮，穿也。从穴寮声。"

③舒：徐缓，步履舒缓，从容娴雅。

窈纠（yǎo jiǎo）：幽深曲折，体态柔美。《毛传》："舒，迟也。窈纠，舒之姿也。"

④劳心：忧心。

悄（qiǎo）：忧愁。《毛传》："悄，忧也。"《说文》："悄，忧也。从心肖声。"如悄然泪下、忧心悄悄。

⑤皓：明亮，洁白。如皓月当空、明眸皓齿等。小篆本从日，《说文》："晧，日出貌。从日，告声。"段玉裁注："天下惟絜白者最光明，故引申为凡白之称。又改其字从白作皓矣。"

⑥㛵：通"嫽"。《集韵》："或作娜。""娜"或作"媌"，指修长柔美。

⑦忧受：步态优美。

⑧慅（cǎo）：通"懆"，忧愁不安。

⑨照：明亮，光明。《说文》："照，明也。从火，昭声。"

⑩燎：显明。《说文》："燎，放火也。从火，寮声。"其本字作"寮"，甲骨文作𤆎、𤉡，为焚烧木柴之象。

⑪夭绍：轻盈多姿。

⑫惨：忧，痛。

【简析】

　　三章在内容上相似，第一句写月光皎洁，第二句写姑娘的静态美，第三句写动态美，末句写自己内心久久不能平静。月光美，人更美，愁肠百结。"花容月貌"，月与花均为形容女子容貌美丽的常用物象。在真正动心、特别在乎时，人会变得敏感，尤其小心翼翼，自然容易情绪波动，备受煎熬。三章稍稍变换语词，重章叠唱。从节奏上看，每章第三句采用"1+2+语气词"的形式，打破了前后"2+1+语气词"的形式，使诗读起来不那么板滞。另外，每句以语气词收尾，增加了抒情氛围，有一种情意蓄积得越来越浓厚的韵味。

5. 陈风·宛丘

【题解】

　　明明知道不可能，依然情不自禁地关注你。

【诗篇】

子之汤兮①，宛丘之上兮②。

洵有情兮③，而无望兮④。

坎其击鼓⑤，宛丘之下。

无冬无夏⑥，值其鹭羽⑦。

坎其击缶⑧，宛丘之道⑨。

无冬无夏，值其鹭翿⑩。

【注释】

①子：你。

汤（dàng）：通"荡"，摇动、摆动。

②丘：甲骨文作 M，象小土丘。《说文》："丘，土之高也。非人所为也。""沙丘""丘陵"等的"丘"皆用本义。宛丘：丘名。相传在陈国都城东南，高二丈。

③洵：通"恂"，确实，实在。

④望：希望。

⑤坎：击鼓声。《毛传》："坎坎，击鼓声。"

⑥无：不论、无论。

⑦值：持拿。《毛传》："值，持也。"《说文》："值，措也。"

鹭羽：用白鹭羽毛做成的舞蹈道具。古代文舞手持龠翟，武舞手执斧盾。

⑧缶：瓦质容器，也用作打击乐器。《说文》："缶，瓦器所以盛酒浆，秦人鼓之以节歌。象形。"

⑨道：道路。

⑩翿（dào）：用鸟羽制成的舞具，形似雉扇，或似伞。

【简析】

首章写舞者舞姿优美奔放、感情充沛热烈，深深吸引着作者，虽然理智地知道这段感情不可能，但就是挪不开深情注视的眼睛。

二、三章有时空的变化，舞者在音乐的伴奏下一直跳着，虽然没有抒情，也没有出现作者，但描写的均是作者所见，可以想见，不论何时何地，作者的视线一直被舞者牵引着，刻骨铭心的一腔痴情隐藏于字里行间。心悦君兮君不知。情随舞起，舞越欢快，爱越悲怆。

6. 郑风·出其东门

【题解】

美女如云，盛妆华服，但都比不上素颜便服的你。

【诗篇】

出其东门①，有女如云②。
虽则如云，匪我思存③。
缟衣綦巾④，聊乐我员⑤。

出其闉阇⑥，有女如荼⑦。
虽则如荼，匪我思且⑧。
缟衣茹藘⑨，聊可与娱。

【注释】

①东门：东城门。

②如云：多如云。《毛传》："如云，众多也。"另，云有状体态轻盈的意味。女性名字中多有用"云"者，与"花"相类，均取其美状。

③匪(fēi)：同"非"，不是。"匪夷所思""受益匪浅"等的"匪"即用此义。

存：思念，怀念。

④缟：白色，未染色的生绢。

綦(qí)：苍青色。《毛传》："綦巾，苍艾色，女服也。"

⑤聊：姑且，暂且。

员(yún)：同"云"，语助词。

⑥闉阇(yīn dū)：古代城门外瓮城的门。《毛传》："闉，曲城也。阇，

城台也。"

⑦荼(tú)：茅草、芦苇之类的白花。一谓多，如火如荼；二谓面颜如花。

⑧且(cú)：往，通"徂"。

⑨茹藘(rú lú)：茜草，其根可作绛红色染料。

【简析】

两章内容相似，写的是郑国的男男女女出城春游，美女们衣着光鲜、体态轻盈、笑靥灿烂，作者却心如止水。他钟情的那位姑娘虽然衣着朴素，但只要想起她来，嘴角就不自觉上扬。"如云""如荼"的美女成了没有出场的心上人的陪衬，感情纯真纯粹，格外动人。反复渲染美女如云，衬托心爱之人魅力独特，弱水三千，只取一瓢饮。

7. 秦风·晨风

【题解】

爱人一去杳无音信，女子心绪如麻。

【诗篇】

鴥彼晨风①，郁彼北林②。

未见君子，忧心钦钦③。

如何如何④？忘我实多！

山有苞栎⑤，隰有六驳⑥。

未见君子，忧心靡乐⑦。

如何如何？忘我实多！

山有苞棣⑧，隰有树檖⑨。

未见君子，忧心如醉⑩。

如何如何？忘我实多！

【注释】

①鴥(yù)：鸟疾飞的样子。

晨风：一种猛禽。《毛传》："晨风，鹯也。"

②郁：茂盛。"鬱"的简化字形，"郁"本为地名，因音同，汉字简化时"鬱"并入了"郁"。《说文》："鬱，木丛生者。"

③钦钦：忧思难忘貌。《毛传》："思望之，心中钦钦然也。"

④如何：怎么办。

⑤苞(bāo)：草木丛生。

栎(lì)：栎树。

⑥隰：低湿地。《说文》："隰，阪下湿也。"

六：闻一多《风诗类钞》认为通"蓼(lù)"，植物高大。

驳：依前后文当为树木。树皮青白斑驳，犹梓榆一类会脱皮的树。

⑦靡(mǐ)：无，没有。

⑧棣(dì)：常棣、唐棣，果实如樱桃。

⑨树：竖立、直立。

檖：杨檖、山梨，果实似梨而较小。

⑩醉：《说文》："醉，卒也。卒其度量，不至于乱也。"《正字通》："未有醉能卒其度量不至乱者。""醉"的本义为饮酒过量，醉后易失控，文学作品中常用来表现陶醉和忧愁两种状态。

【简析】

首章以鹯鸟归林起兴，反面引出爱人一去无踪的忧思。二、三两章内容与情感大体相似，"山有……，隰有……"是《诗经》常见的起兴句式，以万物各得其所，反衬自己的孤单忧伤。想见而不得见，自然胡思乱想。

8. 魏风·汾沮洳

【题解】

爱人虽很平凡，但在女子心里美得无与伦比。

【诗篇】

彼汾沮洳①，言采其莫②。
彼其之子③，美无度④。
美无度，殊异乎公路⑤。

彼汾一方，言采其桑⑥。
彼其之子，美如英⑦。
美如英，殊异乎公行⑧。

彼汾一曲⑨，言采其藚⑩。
彼其之子，美如玉。
美如玉，殊异乎公族⑪。

【注释】

①汾（fén）：汾河。

沮洳（jù rù）：低湿地。孔颖达疏："沮洳，润泽之处。"

②言：语气助词。"言归于好"的"言"即用此义。

莫：一种野菜。陆玑《毛诗草木鸟兽虫鱼疏》："莫，茎大如箸，赤节，节一叶，似柳叶，厚而长，有毛刺。"

③彼其：或作"彼记""彼己"，那个人。

之子：这个人。

④度：测量、度量。《说文》："度，法制也。从又。庶省声。"古代度量长短多以手取法，如人手之寸口为寸，十寸为尺，十尺为丈，伸臂为一寻。

⑤殊：特别。"殊荣""殊遇"等的"殊"即用此义。

公路：掌管出行马车的官员。马瑞辰《毛诗传笺通释》："公路掌路车，主居守；公行掌戎车，主从行。"

⑥桑：桑叶。

⑦英：花。《说文》："英，艸荣而不实者。""落英缤纷"的"英"即指花。

⑧公行：掌管兵车的官员。郑玄笺："主君兵车之行列。"

⑨曲：弯曲的地方。《说文》："曲，象器曲受物之形。"

⑩蕰（xù）：泽泻，一种中药草。

⑪公族：王室之官。《毛传》："公族，公属。"《国语》韦昭注："公族大夫，掌公族与卿之子弟。"

【简析】

三章大体相似。美无度、美如英、美如玉，有一定的内在层次，"无度"是说美得没法度量，这是整体美；"如英"是说容颜如花，是外貌美；"如玉"是对气质、品质的评价，温润如玉。情人的眼睛自带滤镜，一个"殊"字，强调爱人气质胜过公路、公行、公族很多，所谓的贵族气质在爱人面前根本不值一提。作比较的公路、公行、公族职位等级越来越高，文意呈递进之势。

9. 郑风·东门之墠

【题解】

咫尺天涯，思而不得见。

【诗篇】

> 东门之墠①，茹藘在阪②。
>
> 其室则迩③，其人甚远！
>
> 东门之栗，有践家室④。
>
> 岂不尔思⑤？子不我即⑥！

【注释】

①墠(shàn)：经过整治的野外平地。《毛传》："墠，除地町町者。"町町，平坦貌。《说文》："墠，野土也。"

②茹藘(rú lú)：茜草，其根可作绛红色染料。

阪(bǎn)：山坡。《说文》："坡者曰阪。"又"坡，阪也。"二字互注。

③迩：近。"闻名遐迩"的"迩"即用此义。

④有：词头。

践：陈列整齐。《毛传》："践，行列貌。"

⑤岂不尔思：岂不思尔。类似句式如"时不我待"。

⑥即：接近。甲骨文作 $\bigcirc$，以人接近食器会意。

【简析】

明明就住在附近，为什么不来见我？难道不知道我在想你？如果真的在意我，哪怕再远都不会是问题吧。男子保持距离，女子捉摸不透，心存隔膜，但又有中国传统女性的矜持，也不主动。世间最遥远的距离是心的距离。

10. 郑风·叔于田

【题解】

你不在，一切都是虚空。

【诗篇】

叔于田①，巷无居人②。
岂无居人？
不如叔也。洵美且仁③。

叔于狩④，巷无饮酒。
岂无饮酒？
不如叔也。洵美且好⑤。

叔适野⑥，巷无服马⑦。
岂无服马？
不如叔也。洵美且武⑧。

【注释】

①叔：伯、仲、叔、季为古代兄弟长幼排行。后以叔泛指年轻男性。

于：疑为助词，无义。“凤凰于飞”“之子于归”句式与之同。一说去、往。

田：打猎，后作“畋”“畋”。

②巷：胡同，里弄。《毛传》：“巷，里涂（途）也。”小篆作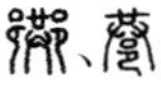，《说文》：“巷，里中道。从邑，从共，皆在邑中所共也。”

③洵：通“恂”，的确，实在。

美：形貌漂亮。甲骨文作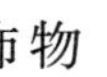，以人头戴羊角、羽毛一类的饰物会意。

仁：仁爱宽厚。

④狩：打猎。《尔雅·释天》：“冬猎为狩。”

⑤好：友善，优良。甲骨文作，以女子抚育小孩会意，引申为带有

浓郁主观评价色彩的词。

⑥适：去往，到。"无所适从"的"适"即用此义。《说文》："遹，之也。从辵，啻声。"简化为"适"。

野：原野，郊外。《说文》："野，郊外也。从里予声。"

⑦服：驾乘。服牛乘马指役使牛马驾车。

⑧武：勇猛威武。甲骨文作 𢓊，本指战争，引申指军力强大、勇武有力。

【简析】

三章形式相同，用词稍异，富有节奏。用词变化丰富，但句式整齐一致，复沓而又灵动。"巷无居人""巷无饮酒""巷无服马"显然都是不符合实际的，但这正是女子心理的真实写照，用夸张的手法，以设问的形式，凸显了恋人在自己心目中的完美形象。

11. 陈风·泽陂

【题解】

心爱的人呀，我该怎么办？梦里梦外全是你。

【诗篇】

彼泽之陂①，有蒲与荷②。
有美一人，伤如之何③？
寤寐无为④，涕泗滂沱⑤。

彼泽之陂，有蒲与蕳⑥。
有美一人，硕大且卷⑦。

寤寐无为，中心悁悁^⑧。

彼泽之陂，有蒲菡萏^⑨。

有美一人，硕大且俨^⑩。

寤寐无为，辗转伏枕^⑪。

【注释】

①泽：水汇聚之处。"湖泽""沼泽"等的"泽"即用此义。《释名·释地》："下而有水曰泽。"

陂（bēi）：堤坡。《说文》："陂，阪也。一曰池也。从阜皮声。"

②蒲：蒲草，多年生水草植物。《说文》："蒲，水艸也，可以作席。从艸，浦声。"

荷：莲、芙蕖。《说文》："荷，芙蕖叶。从艸何声。"

③伤：忧伤、忧思。《鲁诗》作"阳"，《尔雅·释诂》："阳，予也。"

如之何：怎么办。

④寤：睡醒。《毛传》："寤，觉也。"

寐：睡着。"梦寐以求""夙兴夜寐"的"寐"均用此义。

无为：没有办法达到目的。

⑤涕（tì）：眼泪。"痛哭流涕""感激涕零"的"涕"即用此义。《毛传》："自目曰涕。"《说文》："涕，泣也。从水弟声。"

泗：鼻涕。《毛传》："自鼻曰泗。"

滂沱：雨大貌，此指泪如雨下。

⑥蕳：兰草，似泽兰。《鲁诗》作"莲"。

⑦硕：头大，引申指大。《毛传》："硕，大也。"《说文》："硕，头大也。从页，石声。"

卷：后来写作"婘（quán）"，《毛传》："卷，好貌。"《诗集传》："卷，鬈发之美也。"《韩诗》作"嬎（ǎn）"：重颐也。《诗经》中有两种审美观：丰满壮硕，婀娜苗条。

⑧悁(yuān)：忧思。

⑨菡萏(hàn dàn)：荷花。

⑩俨：端庄。《毛传》："俨，矜庄貌。"

⑪辗转：翻来覆去。《说文》："展，转也。从尸，襄省声。"段玉裁注："展者，未转而将转也。"受"转"同化，写作"辗"。

【简析】

看到蒲草与荷相伴，想起心上人，悲伤得不能自已。夜不成寐，无法平息。你是如此完美，心中全是你的影子。对心上人的描写基本是外在的，爱多是感性的。

12. 小雅·隰桑

【题解】

一见到你就快乐。爱深藏心底，不敢表白。

【诗篇】

隰桑有阿①，其叶有难②。
既见君子③，其乐如何④！

隰桑有阿，其叶有沃⑤。
既见君子，云何不乐⑥！

隰桑有阿，其叶有幽⑦。

既见君子，德音孔胶^⑧。

心乎爱矣，遐不谓矣^⑨？
中心藏之，何日忘之！

【注释】

①隰（xí）：低湿地。《说文》："隰，阪下湿也。从𨸏㬎声。"

桑：桑树。《说文》："桑，蚕所食叶木。从叒、木。"

有：词缀，附在动词、名词、形容词前。

阿（ē）：柔美。《毛传》："阿，阿然，美貌。"《说文》："阿，大陵也。一曰曲𨸏也。从𨸏可声。"段注："引申之，凡曲处皆得称阿。……曲则易为美。""阿谀""刚正不阿"的"阿"均有曲意。

②难（nuó）：茂盛。《毛传》："难，难然，盛貌。"据姜亮夫先生考证，"阿难"即"婀娜"。

③君子：心仪的男子。

④如何：怎么，怎样。

⑤沃：丰美，润泽。《说文》："沃，溉灌也。"段注："水沃则土肥，故云沃土。水沃则有光泽，故毛传云'沃沃，壮佼也'。"

⑥云：助词，无义。

⑦幽：墨绿色。《毛传》："幽，黑色。"《集韵》："黝或作幽。"甲骨文作🔥，以火照丝会微小之意，引申有昏暗义，"洞幽烛微"的"幽"即有此意味。

⑧德音：好话，这里指甜蜜的情话、誓言。

孔：很。"孔武有力"的"孔"即有此义。

胶：牢固。今犹以"如胶似漆"形容感情黏结，难舍难分。

⑨遐不：何不、胡不。

谓：告诉、说。

【简析】

前三章重章叠唱，相互补充，桑树婀娜多姿，枝繁叶茂，苍翠欲滴，一想到心爱的人就按捺不住地高兴。最后一章突然变调，从甜蜜的痴想回到现实，爱到深处情更怯，没有勇气告诉他，但爱在心底肆意生长。中国传统的女性大多比较含蓄，女子羞怯，虽不直言，但心中爱得炽烈。其实很多深情，不是挂在嘴边的。

13. 邶风·简兮

【题解】

那个领舞者，高大魁梧，舞姿有张有弛，深深地吸引着这位女子。

【诗篇】

简兮简兮①，方将万舞②。
日之方中③，在前上处④。

硕人俣俣⑤，公庭万舞⑥。
有力如虎，执辔如组⑦。

左手执龠⑧，右手秉翟⑨。
赫如渥赭⑩，公言锡爵⑪。

山有榛⑫，隰有苓⑬。
云谁之思⑭？西方美人⑮。
彼美人兮，西方之人兮。

【注释】

①简：鼓声大。《毛传》："简，大也。"

②方：将，表时间。

万舞：舞名，大型舞蹈，由武舞与文舞组成，武舞执干戚，文武执羽籥，多用于祭祀。《毛传》："以干羽为万舞，用之宗庙山川。"

③方：正，表时间。"方兴未艾"的"方"即有此义。

处：位置。

④硕：高大。

⑤俣俣(yǔ yǔ)：高大魁梧的样子。《毛传》："俣俣，容貌大也。"

⑥公庭：宗庙的庭前。

⑦执：持拿。

辔：缰绳。

组：宽丝带。《毛传》："组，织组也。"

⑧籥：管乐器。甲骨文作 𢀛、𤤴，下为编排在一起的管状乐器，上或增倒口形，以口吹乐管表意。《说文》："籥，乐之竹管，三孔，以和众声也。从品籥。籥，理也。"

⑨秉：执持。甲骨文作 𥝩，以手持禾会意。

翟(dí)：野鸡尾羽。《说文》："翟，山雉尾长者。从羽从隹。"

⑩赫：火红色。《说文》："赫，火赤貌。从二赤。"

渥：深厚、浓重。

赭(zhě)：红土。《说文》："赭，赤土也。从赤者声。"

⑪锡：赏赐。早期文献多有以"锡"为"赐"的现象。"赐"始见于春秋时期。早期金、贝均贵重，赏赐多用之。

爵：本指酒器，此指酒。甲骨文作 𤔔，象饮酒器。《说文》："爵，礼器也。象爵之形，中有鬯酒，又持之也。所以饮。"

⑫榛(zhēn)：榛树。果实为榛子。

⑬隰(xí)：低湿地。

苓(líng)：甘草。《说文》："苓，卷耳也。从艸令声。"《毛传》："卷耳，苓耳也。"

⑭谁之思：思谁。

⑮西方：西周地区。邶国在朝歌以东。

美人：指舞者。《诗经》中"硕人""美人"均就形貌而言，不分男女。

【简析】

首章概写盛大的开场，红日当空，心仪的舞者就站在队伍的最前边。第二章写武舞，雄壮威武。第三章写文舞，优美高雅。末章倾诉悦慕之情。若单纯为倾慕一位素不相识的舞者，稍显肤浅。疑为一场庆功会，主角为有战功者。"赫如渥赭"，脸深红色，或因长年征战、风吹日晒而致。能力突出者总是容易引起异性的关注。结尾处"云谁之思？西方美人。彼美人兮，西方之人兮"似乎在激动地告知身边的人关于舞者的一些重要信息。

第三节　甜蜜约会

1. 陈风·东门之杨

【题解】

人约黄昏后，繁星满天不见君。

【诗篇】

东门之杨，其叶牂牂①。

昏以为期②，明星煌煌③。

东门之杨，其叶肺肺^④。

昏以为期，明星晢晢^⑤。

【注释】

①牂牂（zāng）：枝叶繁茂。《毛传》："牂牂然，盛貌。"同声符之"壮"亦有大、盛义。

②昏：黄昏。《说文》："昏，日冥也。"

期：约定的时间。

③明星：明亮的星星。

煌：明亮，光亮。"灯火辉煌"的"煌"即用此义。

④肺肺（pèi）：草木茂盛的样子。即《说文》之"宋"，经传或作"芾""茀"，"宋"作部件讹变为"市"。《说文》："市，韠也。上古衣，蔽前而已，市以象之。"与本句无关。又"宋，艸木盛宋宋然。"《广韵》："芾，草木盛也。"又音同之"沛"亦有盛、大义。

⑤晢晢（zhé）：光明。《毛传》："晢晢，犹煌煌也。"《说文》："晢，昭晢，明也。从日折声。"段玉裁注："昭、晢皆从日，本谓日之光。引申之为人之明晢。"

【简析】

两章形式与内容大体相似。约好傍晚在东门边见面，主人公早早地就来到了约好的地方，一边欣赏着摇曳多姿的杨树，一边等待。可是一直到繁星满天，那个期盼的倩影始终没有出现。全诗无一词直接写情，但从静静欣赏杨树的枝繁叶茂，到繁星满天，可以想见随着时间的推移，由甜蜜期待到焦灼不安再到失望惆怅的心理变化。大量留白，但从"牂牂""煌煌""肺肺""晢晢"中隐约可以感受到情绪的变化。

2. 邶风·静女

【题解】

你是那么完美，一切与你相关的东西，都无比精美。

【诗篇】

静女其姝①，俟我于城隅②。
爱而不见③，搔首踟蹰④。

静女其娈⑤，贻我彤管⑥。
彤管有炜⑦，说怿女美⑧。

自牧归荑⑨，洵美且异⑩。
匪女之为美⑪，美人之贻。

【注释】

①静：贞静娴雅。《毛传》："静，贞静也。"《说文》："静，审也。从青，争声。""净"也是形声字，二字声符同为"争"。段玉裁注："彩色详审得其宜谓之静。……人心审度得宜，一言一事必求理义之必然，则虽繁劳之极而无纷乱，亦曰静。……安静本字当从立部之竫。"

其：助词，有加强意味。"两全其美""尤其""极其"等均其例。

姝：容貌美丽。《毛传》："姝，美色也。"

②俟：竢，等待。《说文》："俟，大也。从人矣声。"段注："经传假为竢字，而俟之本义废矣。立部曰：'竢，待也。'废竢而用俟。"

隅：角落。《说文》："隅，陬也。从𨸏禺声。"段注："今人谓边为廉，角为隅。古不别其字。"

③爱：蔓，隐蔽。

④踟蹰：徘徊，缓行貌。

⑤娈(luán)：美好。《毛传》："娈，好貌。既有静德，又有美色。"《说文》："娈，慕也。从女䜌声。"段注："娈、恋为古今字。"

⑥贻：赠送。《说文》："贻，赠遗也。从贝台声。"

彤：红色。《说文》："彤，丹饰也。从丹从彡。彡，其画也。"

管：草管、竹管。

⑦有：词缀，无实义。

炜：光辉。《毛传》："炜，赤貌。"《说文》："炜，盛赤也。从火韦声。"段玉裁注："毛就彤训之，盛明之一端也。"

⑧说：悦，喜悦。《说文》无"悦"字，"悦"为晚起分化字，先秦典籍用"说"为"悦"。

怿：喜悦。《说文·新附》："怿，悦也。"

女：假借为二人称代词"你"，后假借"汝"表示此义。

⑨牧：郊外。《尔雅·释地》："邑外谓之郊，郊外谓之牧，牧外谓之野，野外谓之林，林外谓之坰。"

归：先秦文献赠送义多用之，同"馈"。

荑(tí)：初生的茅草。

⑩洵：确实。

⑪匪：同"非"，不是。

【简析】

首章写约会时，女孩故意躲藏着看小伙在那着急。二章、三章写女孩将采到的红色草管与小伙分享，小伙子拿着茅草管爱不释手，觉得它漂亮无比，因为它是女朋友送的呀。没有任何功利因素干扰的纯真与美好，唯其纯粹，所以动人。在恋人眼里，物品只是载体而已，情感才是最珍贵的。

3. 郑风·子衿

【题解】

你知道我在想你吗？为什么不给我半点音信？

【诗篇】

青青子衿①，悠悠我心②。

纵我不往③，子宁不嗣音④？

青青子佩⑤，悠悠我思。

纵我不往，子宁不来？

挑兮达兮⑥，在城阙兮⑦。

一日不见，如三月兮！

【注释】

①子：你。

衿（jīn）：古代衣服的交领。《毛传》："青衿，青领也，学子之所服。"《说文》："衿，衣系也。"

②悠悠：忧思貌。

③纵：纵然，即使。

④宁（nìng）：岂，难道。

嗣（sì）：接续。《玉篇》："嗣，续也，继也。"

⑤佩：佩带，绶带。《说文》："大带佩也。从人从凡从巾。佩必有巾，巾谓之饰。"

⑥挑（tiāo）、达（tà）：来回走。《毛传》："挑达，往来貌。"

⑦阙（què）：城门、宫门等两边的瞭望台。《说文》："阙，门观也。从

门欤声。"

【简析】

一、二章形式与内容大体相似，以恋人的服饰代表恋人，所有跟恋人有关的东西都会触动女子的相思，这种心态下，自然会生出许多的惆怅与幽怨："为什么一点音信都没有？""为什么不来找我？"第三章写女子登上城楼远望恋人的方向，感觉没有恋人的日子十分漫长。"宁"有埋怨责怪的意味，两人的关系似乎已经确定了。矜持但期盼，所以心烦意乱、心神不宁，影响到正常生活。

4. 邶风·匏有苦叶

【题解】

早早等在渡口边，迟迟不见恋人来，船夫误会急过河，连忙解释等朋友。

【诗篇】

匏有苦叶①，济有深涉②。
深则厉③，浅则揭④。

有瀰济盈⑤，有鷕雉鸣⑥。
济盈不濡轨⑦，雉鸣求其牡⑧。

雝雝鸣雁⑨，旭日始旦⑩。
士如归妻⑪，迨冰未泮⑫。

招招舟子⑬，人涉卬否⑭。
人涉卬否，卬须我友⑮。

【注释】

①匏（páo）：一种葫芦。果实晒干后，可当渡水工具，剖开可做容器。《说文》："匏，瓠也。从包，从夸省。包，取其可包藏物也。"

苦：枯。匏叶枯落，葫芦干枯，可做涉水工具或容器。

②济：水名。

涉：渡水。《说文》："涉，徒行厉水也。从㳚从步。""跋山涉水"的"涉"即用本义。

③厉：连衣涉水，摸着石头过河。《说文》："砅，履石渡水也。从石，从水。……濿，砅或从厉。"段注："厉者，石也。从水厉犹从水石也。引申之为凡渡水之称。""厉"汉字简化作"厉"。

④揭（qì）：提起下衣。《说文》："揭，高举也。从手曷声。""揭竿而起""昭然若揭"等的"揭"即用高举义。

⑤瀰（mí）：水满。

盈：满。《说文》："盈，满器也。从皿、夃。""热泪盈眶""顾客盈门""掷果盈车"等的"盈"即用此义。

⑥鷕（yǎo）：雌雉的叫声。《说文》："鷕，雌雉鸣也。从鸟唯声。"

雉：野鸡。

⑦濡（rú）：沾湿，浸湿。"相濡以沫""耳濡目染"等的"濡"即用此义。

轨：车两轮之间。《说文》："轨，车辙（辙）也。从车九声。"段注："辙（辙）者，通也。车辙（辙）者，谓舆之下两轮之间空中可通，故曰车辙（辙）。……虚空之处未至于地皆轨也。濡轨者，水濡轮间空虚之处。"

⑧牡：雄性动物。《说文》："牡，畜父也。从牛，土声。"

⑨雝雝（yōng）：鸟和鸣声。《毛传》："雝雝，雁声和也。"徐铉："雁，知时鸟，大夫以为挚（贽），昏（婚）礼用之，故从人。"

⑩旭：太阳初出。《说文》："旭，日旦出貌。"

旦：太阳刚刚升起。《说文》："旦，明也。从日，见一上。一，地也。"

⑪归：女子出嫁。《说文》："归，女嫁也。"

⑫迨：趁。

泮(pàn)：融解，消散。《毛传》："泮，散也。"《荀子·大略》："霜降逆女，冰泮杀止。"

⑬舟子：船夫。

⑭卬：我，第一人称代词。《毛传》："卬，我也。"

⑮须：等待。

【简析】

首章大致可见约会的时间和地点，八月葫芦叶枯成熟，女孩在济水边的渡口等候恋人。二、三章通过鸟求偶和鸣引出女孩担心错过结婚的日子，《孔子家语·本命解》："冰泮而农桑起，婚礼而杀于此。""旭日始旦"，说明女子到得很早，久候中难免会考虑两人的将来，着急与恋人商议。谁不希望爱情有个美满的结果？最后一章，船来了，但等的人却不在上边，船夫误以为女孩是要过河，女孩急忙解释：不是的，不是的，我在等一个朋友。"人涉卬否"重复，女孩的羞涩之态跃然纸上。

5. 王风·丘中有麻

【题解】

在劳动中相识相恋，爱情慢慢生长，平凡而坚定。

【诗篇】

丘中有麻①，彼留子嗟②。

彼留子嗟，将其来施施③。

丘中有麦④，彼留子国。

彼留子国，将其来食⑤。

丘中有李⑥，彼留之子⑦。

彼留之子，贻我佩玖⑧。

【注释】

①丘：土山。《说文》："丘，土之高也，非人所为也。""一丘之貉""山丘""丘陵"等的"丘"犹存其本义。

麻：草本植物，茎皮纤维可织布，质地粗糙，较质朴。《说文》："麻，与枲同。人所治，在屋下。从广从枺。"

②留：通"慅"或"懰"，美好。

子嗟：与下文"子国"均人名。《鄘风·桑中》有"孟姜""孟弋""孟庸"，均为人名，代指美女；《郑风·山有扶苏》中"子都""子充"代指美男子。疑"子嗟""子国"类之。均为代称而已，为免重复，变换了一下人名。

③将（qiāng）：请，愿。

施施：慢行貌。《毛传》："施施，难进之意。"

④麦：麦子。

⑤食：吃饭。

⑥李：李树。《说文》："李，果也。从木子声。"

⑦子：即前文的"子嗟""子国"。"之子"指这个小伙子。

⑧贻：赠送。《说文》："贻，赠遗也。从贝台声。"

玖：黑玉。《说文》："玖，石之次玉黑色者。从玉久声。"

【简析】

劳动互助中互生情愫。山坡上的麻、麦、李都是辛勤劳作的成果，青年男女在这里结下了深厚的情谊，终于有一天水到渠成，男孩把随身佩饰作为定情信物赠送给女孩。感情往往是在相互了解中不断加深的。

6. 郑风·将仲子

【题解】

不是不想你，只是人言可畏。

【诗篇】

将仲子兮①，无逾我里②，无折我树杞③。
岂敢爱之④？畏我父母。
仲可怀也⑤，父母之言亦可畏也。

将仲子兮，无逾我墙，无折我树桑⑥。
岂敢爱之？畏我诸兄。
仲可怀也，诸兄之言亦可畏也。

将仲子兮，无逾我园，无折我树檀⑦。
岂敢爱之？畏人之多言。
仲可怀也，人之多言亦可畏也。

【注释】

①将（qiāng）：请，愿。

仲：兄弟之中排行第二。

②无：毋，不要。

逾：越过。《说文》："逾，越进也。从辵，俞声。"

里：金文作 𨻰 矢令方彝，从土从田。古代村民聚居的地方，先秦以二十
五家为一里。《毛传》："里，居也。"《说文》："里，居也。从田从土。"《周

礼·地官·遂人》："五家为邻，五邻为里。"凡里皆有墙。邻里、故里等犹
见其本义。

③折：折断。甲骨文作 ，以斧斤砍断草木会意。《说文》："斲，断
也。从斤断艸。"

树：种植，栽。

杞：杞柳，主要用于编织篮、筐等生活器具。

④爱：吝惜。

⑤怀：思念，想念。

⑥桑：桑树，蚕喜食其叶。朱熹《诗集传》："桑、梓二木。古者五亩
之宅，树之墙下，以遗子孙给蚕食、具器用者也。"

⑦檀：檀树。材质坚硬细致，可作家具、建材等。

【简析】

三章大体相仿，重章叠唱中情意层层递进。里、墙、园由远及近，
杞、桑、檀均为居所附近常见，父母、诸兄、邻里都是身边人。一边劝阻
恋人翻墙进来，一边解释内心的担忧。不是不想见，只怕周围人的指指点
点。有时候，恋爱中的人更担心身边的人对恋人有不好的印象。

7. 郑风·山有扶苏

【题解】

欢会时的调笑。

【诗篇】

山有扶苏①，隰有荷华②。

不见子都③，乃见狂且④。

山有桥松⑤，隰有游龙⑥。

不见子充⑦，乃见狡童⑧。

【注释】

①扶苏：亦作"枎疏"，《说文》："枎，枎疏，四布也。"段玉裁注："扶疏谓大木枝柯四布。"

②隰：低湿地。《毛传》："下湿曰隰。"《说文》："隰，阪下湿也。从自㬐声。"

华："花"的本字。金文作_{㮅盙}，下为茎叶，上为盛开的花朵。本义为花朵。"春华秋实""华而不实"等词中的"华"尚可见其本义。

③子都：公孙子都，郑国著名的美男子，遂成为美男子的代称。都，本指建有宗庙的城邑，引申指大、美、盛。"都市"即大城市。

④狂且（jū）：犹《齐风·东方未明》之"狂夫"，女子对恋人的谑称。一说"且"为"伹"，指笨拙的人。《说文》："伹，拙也。从人且声。"一说"且"为"狙"，猕猴。《说文》："狙，玃属。从犬且声。"

⑤桥：同"乔"，高大。《说文》："乔，高而曲也。从夭，从高省。"

⑥游龙：荭草的别名。茎叶随波起伏，姿态婀娜，故名。

⑦子充：人名，代指美男子。《毛传》："子充，良人也。"充，足，满。《孟子·尽心下》："充实之谓美。"

⑧狡：狡猾，诡诈。

童：小孩。骂人常用猪狗、小子等词。此为俏骂。

【简析】

山上有高大的树木，水里长着荷花、水草，一切是那么美好。跟我约会的不是子都那样的美男子吗？怎么来了这么个尖嘴猴腮的小滑头？狂且、狡童与子都、子充形成反差，只是戏谑。有些玩笑，恋爱中的男女都不会当真。

8. 召南·野有死麕

【题解】

奔着结婚的恋爱。

【诗篇】

野有死麕①，白茅包之②。
有女怀春③，吉士诱之④。

林有朴樕⑤，野有死鹿。
白茅纯束⑥，有女如玉⑦。

舒而脱脱兮⑧！
无感我帨兮⑨！
无使尨也吠⑩！

【注释】

①野：郊外。《毛传》："邑外曰郊，郊外曰野。"《说文》："郊外也。从里，予声。"

麕(jūn)：獐子，似鹿而小。古代聘礼常用鹿皮。《仪礼·士昏礼》："纳征：玄纁，束帛，俪皮。"郑玄注："皮，鹿皮。"

②白茅：草本植物，古人用来包裹礼物以示诚意。《本草纲目·白茅》："味甘，俗呼丝茅，可以苫盖及供祭祀苞苴之用。"

③怀春：怀思，正当青春，怀着对爱情的美好憧憬。

④吉士：好青年，男子之美称。

诱：追求。

⑤朴樕(sù)：丛木，小树。《毛传》："朴樕，小木也。"砍灌木作木柴，古代嫁娶必燎炬为烛。

⑥纯束：缠束。《毛传》："纯束，犹包之也。"《郑笺》："纯，读如屯。"屯有聚拢义。

⑦玉：无瑕之玉。《郑笺》："如玉者，取其坚而洁白。"

⑧舒：舒缓闲雅。

脱脱（tuì）：舒缓貌。《毛传》："脱脱，舒迟也。"高亨注："脱脱，走路慢、脚步轻的状态。"

⑨感：通"撼"，动。

帨（shuì）：佩巾。

⑩尨（máng）：多毛狗。《说文》："尨，犬之多毛者。从犬从彡。""须""鬈"中的"彡"同之，均指毛发。

【简析】

正值大好青春，吉士与玉女恋爱。男子送给女子的都是有结婚意涵的礼物，可见感情已发展到一定程度。结尾一章打破前两章的格式、章法，女生劝男子注意形象，不要毛手毛脚。哪怕是到了谈婚论嫁的程度，还是会有女孩的矜持与羞涩。

9. 鄘风·桑中

【题解】

一边劳作，一边想着与恋人约会的情景。

【诗篇】

爰采唐矣①？沬之乡矣②。

云谁之思③？美孟姜矣④。

期我乎桑中⑤，要我乎上宫⑥，送我乎淇之上矣⑦。

爰采麦矣⑧？沫之北矣。

云谁之思？美孟弋矣⑨。

期我乎桑中，要我乎上宫，送我乎淇之上矣。

爰采葑矣⑩？沫之东矣。

云谁之思？美孟庸矣⑪。

期我乎桑中，要我乎上宫，送我乎淇之上矣。

【注释】

①爰(yuán)："于焉"合音，在哪里。

唐：唐蒙，女萝，菟丝，寄生蔓草。《毛传》："唐，蒙菜名。"

②沫(mèi)：古地名，卫邑，在朝歌南。

乡：郊野。

③云：句首语助词。

④孟：兄弟姐妹排行老大的。《说文》："孟，长也。从子皿声。"《礼纬》："嫡长曰伯，庶长曰孟。"

姜：姓，姬、姜、姒均为贵族姓，弋、庸类之。《毛传》："姜姓者，炎帝之后。"《说文》："姜，神农居姜水，以为姓。从女羊声。"

⑤期：邀约。《说文》："期，会也。从月其声。"

桑中：地名。一说指桑树林中。

⑥要：约请，即"邀"。

上宫：地名。《毛传》："桑中、上宫，所期之地。"一说指宫室。

⑦淇：淇水，河流名。

⑧麦：麦子。《说文》："麦，芒谷。"

⑨弋(yì)：姓。朱熹："弋，《春秋》或作姒(sì)。"姒，从女以声。弋、以一声之转。

⑩葑(fēng)：芜菁，蔓菁。

⑪庸：姓，即"鄘"。鄘国为卫国灭。

【简析】

采摘着日常生活所需的物质，沉浸在与美女约会的甜蜜回忆之中。重章叠唱，营造了浓浓的回忆氛围。各章前几句稍稍变换个别词语，活泼欢快；后几句则一字不变，不变的是回忆的甜蜜。孟姜、孟弋、孟庸只是作恋人的代称，用不同的美女衬托恋人美，类似于后世以貂蝉、西施等作美女的代称。"桑中""上宫"疑一为自然景观，一为人文景观，均为理想的约会场所。

第四节　求爱定情

1. 郑风·萚兮

【题解】

岁月易逝，人生苦短，爱就大声唱出来。

【诗篇】

萚兮萚兮①，风其吹女②。
叔兮伯兮③，倡予和女④。

萚兮萚兮，风其漂女⑤。
叔兮伯兮，倡予要女⑥。

【注释】

①萚（tuò）：草木脱落的皮、叶。《毛传》："萚，槁也。"《说文》："萚，艸木凡皮叶落陊地为萚。从艸择声。"

②女(rǔ)：你，指择。《诗经》均假借"女"作二人称代词"你"。

③叔：兄弟排行第三。

伯：兄弟排行第一。此处叔伯泛指小伙子们。

④倡：先唱，领唱。

和(hè)：应和。"曲高和寡"即用此义。句意为"予倡汝和"。

⑤漂：同"飘"，吹，使飘荡。《毛传》："漂，犹吹也。"

⑥要：同"邀"，约请。

【简析】

枯叶纷飞，繁华不再，恋人啊，我们对歌吧。感慨青春易逝，主动发出邀约。

2. 陈风·东门之枌

【题解】

与你相聚的每一天都是那么美好。

【诗篇】

东门之枌①，宛丘之栩②。
子仲之子③，婆娑其下④。

穀旦于差⑤，南方之原⑥。
不绩其麻⑦，市也婆娑⑧。

穀旦于逝⑨，越以鬷迈⑩。
视尔如荍⑪，贻我握椒⑫。

【注释】

①枌（fén）：白榆。

②宛丘：丘名。

栩（xǔ）：柞树。

③子仲：姓，出自姬姓。《风俗通》："陈宣公子子仲之后。"以字为氏。

子：女儿。

④婆娑：亦作"媻娑"，盘旋舞动的样子。

⑤穀：美、善、良。古代诸侯自称谦词"不穀"，即不善、不好。

旦：某一天、某一日。

于：用于句首或句中，无义。"凤凰于飞"同之。

差（chāi）：选择。"差时择日"即用此义。

⑥原：宽广平坦之地。草原、原野、平原即用此义。本作"邍"，《说文》："邍，高平之野，人所登。"甲骨文作𤲃，为捕捉野猪之地。金文增从彳或辵，作𨖉、𨔼。

⑦绩：把植物纤维搓成线。《说文》："绩，缉也。从糸，责声。"

⑧市：集市。《说文》："市，买卖所之也。"

⑨逝：去往。《说文》："逝，往也。从辵，折声。"

⑩越以：语助词，于以。《毛传》："越，于也。"

翪（zōng）：聚集。《毛传》："翪，数也。"

迈：行、走。《说文》："迈，远行也。""翪迈"孔颖达疏："谓男女总集而合行也。"

⑪荍（qiáo）：锦葵，芘芣，花紫绿色。

⑫贻：送。《说文》："贻，赠遗也。从贝台声。"

握：一把。《说文》："握，搤持也。从手屋声。"

椒：花椒，芸香科植物。椒实多而香，古人用之和泥以涂壁，取温暖、芳香、多子之义。后多以"椒房"称皇后、妃子住的宫殿。

【简析】

两情相悦的美好。在美丽的地方，美妙的时光里与你相会，一起郊游、赶集。你舞姿曼妙，深深吸引着我。我觉得你像花儿一样美丽，你送我一捧花椒。

3. 陈风·东门之池

【题解】

有你陪伴，再苦再累都是快乐的。

【诗篇】

东门之池①，可以沤麻②。
彼美叔姬③，可与晤歌④。

东门之池，可以沤纻⑤。
彼美叔姬，可与晤语⑥。

东门之池，可以沤菅⑦。
彼美叔姬，可与晤言⑧。

【注释】

①池：水池。一说护城河，"城池"中"池"即指护城河。

②沤（òu）：长时间浸泡。《说文》："沤，久渍也。"

麻：大麻，纤维长且坚韧，可供纺织。《说文》："麻，与枲同。人所治，在屋下。从广从林。"

③叔：排行第三。一作"淑"，善良，美好。

姬：姓。《说文》："姬，黄帝居姬水，以为姓。从女，臣声。"叔姬，美女的代称。《诗经》中类似的还有"孟姜"。《说文》："姜，神农居姜水，以为姓。从女，羊声。"

④晤：对，面对。晤歌：相对而歌。

⑤纻（zhù）：苎麻。纤维细长坚韧，洁白，有光泽，所织的布被称作夏布。

⑥语：交谈。《说文》："语，论也。从言吾声。"

⑦菅（jiān）：菅草。"草菅人命"的"菅"犹可见其本义。

⑧言：说。《说文》："直言曰言，论难曰语。"

【简析】

揉洗麻丝时，与钟爱的姑娘相聚在一起，艰辛的劳动里充满了欢歌笑语。又脏又累，但心里美滋滋的，甚至可能充满了期待。

4. 郑风·有女同车

【题解】

内外兼修的你，正是理想中的伴侣。

【诗篇】

有女同车，颜如舜华①。

将翱将翔②，佩玉琼琚③。

彼美孟姜④，洵美且都⑤。

有女同行⑥，颜如舜英⑦。

将翱将翔，佩玉将将⑧。

彼美孟姜，德音不忘⑨。

【注释】

①颜：容貌。《说文》："颜，眉目之间也。从页彦声。"

舜：木槿。后来写作"蕣"。《说文》："蕣，木堇，朝华暮落者。从艸舜声。"

华："花"之初文。金文作 _{命簋}，上象花朵，下象茎叶。《说文》："华，荣也。从艸从琴。""春华秋实""华而不实"的"华"仍可见其本义。

②翱、翔：状步履轻盈。

③琼：美玉。《说文》："瓊（琼），赤玉也。从玉敻声。"

琚：一种佩玉。《毛传》："琼，玉之美者。琚，佩玉名。"

④孟：兄弟姐妹排行第一。古代妾媵生的长子为"孟"，正室生的长子为"伯"。《说文》："孟，长也。从子皿声。"

姜：姓。《说文》："姜，神农居姜水，以为姓。"

⑤洵：通"恂"，恂，信也。的确，实在。

都：娴雅美好。有气质高雅、高贵华美的意味。"都市"即繁华的大城市。

⑥行（háng）：道路。甲骨文作 _甲，象纵横相交的道路。

⑦英：花。"含英咀华""落英缤纷"的"英"仍可见其本义。《说文》："英，艸荣而不实者。"《尔雅·释草》："木谓之华，草谓之荣。不荣而实者谓之秀，荣而不实者谓之英。"

⑧将（qiāng）将：即"锵锵"，象声词，金玉相互碰击的声音。

⑨德音：美好的品德声誉。

【简析】

本诗为古代男子在成亲路上经常吟诵的诗篇。按字面义，似为恋人同行时表露心迹。第一章写女子貌美如花，举止娴雅。第二章则以美好的品德声誉收尾。人美、心美，如此完美的女子，怎不令人念念不忘？

5. 郑风·褰裳

【题解】

你如果爱我，就赶快过河来见我。

【诗篇】

子惠思我①，褰裳涉溱②。
子不我思③，岂无他人？
狂童之狂也且④！

子惠思我，褰裳涉洧⑤。
子不我思，岂无他士⑥？
狂童之狂也且！

【注释】

①惠：恩爱。"欢迎惠顾""惠赠"等的"惠"犹隐约可见其本义。

②褰（qiān）：提，撩。与《邶风·匏有苦叶》"浅则揭"之"揭"同。

裳：遮蔽下身的裙。《毛传》："上曰衣，下曰裳。"《说文》："常，下裙也。从巾尚声。裳，常或从衣。"

涉：徒步渡水。《说文》："涉，徒行厉水也。""跋山涉水"的"涉"即用此义。

溱（zhēn）：水名。

③不我思：即"不思我"。"子不我思"与"时不我待"句式相同。

④狂：疯癫。《说文》："狂，狾犬也。从犬㞷声。"

童：小孩。"狂童"犹今之"傻小子"，此为女孩对男孩的谑称。

且（jū）：语气词。

⑤洧（wěi）：水名。溱、洧为郑国的两条河流。

⑥士：未婚男子。

【简析】

两章仅两字小异，重章叠唱。那个傻小子，你如果想我，就赶快来见我。如果再不来，天下好男儿可多的是哦。"岂无他人""岂无他士"，透着明显爱意。"狂童之狂也且"，非真骂，感情已发展到一定程度，谑骂中充溢着真切的爱。

6. 周南·关雎

【题解】

梦里梦外全是你，你何时才能做我的新娘？

【诗篇】

关关雎鸠①，在河之洲②。
窈窕淑女③，君子好逑④。

参差荇菜⑤，左右流之⑥。
窈窕淑女，寤寐求之⑦。

求之不得，寤寐思服⑧。
悠哉悠哉⑨，辗转反侧⑩。

参差荇菜，左右采之⑪。
窈窕淑女，琴瑟友之⑫。

参差荇菜，左右芼之⑬。

窈窕淑女，钟鼓乐之⑭。

【注释】

①关关：鸟的和鸣声，象声词。

雎(jū)鸠：水鸟名，相传此鸟雌雄情意专一。

②河：黄河。

洲："州"之俗字，甲骨文作 ，指水中陆地。《说文》："州，水中可居曰州，水周绕其旁，从重川。"古人沿水而居，故有九州，现仍有徐州、扬州、荆州等地名。其实亚洲、欧洲、美洲等又何尝不是更大的水中陆地呢？

③窈(yǎo)：深远，娴静。《方言》："美心为窈。"

窕(tiǎo)：幽美。《方言》："美状为窕。"

淑：善良，美好。《说文》："淑，清湛也。从水叔声。"

④好：理想的，令人满意的。

逑：通"仇"，配偶。《说文》："仇，雠也。从人，九声。"段玉裁注："仇为怨匹，亦为嘉偶。"

⑤参差：长短、高低不一。

荇(xìng)菜：水生植物。

⑥流：顺着水流去采。朱熹《诗集传》："流，顺水之流而取之也。"

⑦寤：睡醒。《说文》："寤，寐觉而有信曰寤。从寢省，吾声。"

寐：睡着。"夜不能寐""梦寐以求"等中"寐"均用本义。《说文》："寐，卧也。从寢省，未声。"

⑧服：铭记。《毛传》："服，思之也。""服膺"即牢记在心。

⑨悠：忧思、思念。《毛传》："悠，思也。"《说文》："悠，忧也。从心，攸声。"

⑩辗转：本作"展转"，翻来覆去。《说文》："展，转也。从尸，襄省

声。""展"的本义即身体翻来覆去，受"转"同化而写成了"辗"。郑玄注：
"辗者转之半，转者辗之周。"

⑪采：采摘。《说文》："采，捋取也。从木从爪。"

⑫琴：弦乐器。本为五弦，周增二弦而为七弦。

瑟：弦乐器。二十五或五十弦。琴瑟合奏，声音和谐，故常用以喻感
情融洽。

友：亲近、亲爱。

⑬芼(mào)：摘取，择取。

⑭钟、鼓：打击乐器。

乐(lè)：使……快乐。

【简析】

首章以雎鸟和鸣起兴，希望有个理想的伴侣相依相恋。后四章反复表
达相思与追求，相思得夜不成寐，竭尽所能去亲近她、取悦她，展示优长
以获得青睐，"友""乐"层次渐进，顺应感情的自然发展。

7. 卫风·木瓜

【题解】

礼物不在轻重，贵在其中的情意。

【诗篇】

投我以木瓜①，报之以琼琚②。
匪报也③，永以为好也④！

投我以木桃⑤，报之以琼瑶⑥。
匪报也，永以为好也！

投我以木李⑦，报之以琼玖⑧。

匪报也，永以为好也！

【注释】

①投：赠送。

木瓜：小乔木或灌木，果实长椭圆形，木质，味酸涩，不宜鲜食。

②报：复，酬，回礼。

琼：美玉。《毛传》："瓊（琼），玉之美者。"《说文》："瓊（琼），赤玉也。从玉夐声。"

琚：佩玉。《说文》："琚，佩玉石也。"

③匪：非，不是。"匪夷所思""受益匪浅"的"匪"均用此义。

④永：长久。《说文》："永，长也。象水巠理之长。"

好：相善，彼此亲爱。"好"有浓郁的主观色彩。

⑤木桃：楂（zhā）子。《本草纲目》："木瓜酸香而性脆，木桃酢涩而多渣，故谓之楂。"

⑥瑶：美玉。《说文》："瑶，石之美者。从玉䍃声。"

⑦木李：榠楂，又名木梨。

⑧玖：黑色玉石。《说文》："石之次玉黑色者。从玉久声。"

【简析】

"木瓜""木桃""木李"的差异与橘、柑、橙之间的差异相似。你赠我果子，我回你美玉。难道美玉都不足为报？这不是礼尚往来，永相亲爱的情意不是物质能够衡量的。回送随身珍爱的物品，表现了对这份情感的珍视，你值得世间一切的美好。后世犹以"掷果盈车"表达爱慕之情。

第五节　痴情抗争

1. 鄘风·柏舟

【题解】

今生认定了他，至死不渝。

【诗篇】

泛彼柏舟①，在彼中河②。

髧彼两髦③，实维我仪④。

之死矢靡它⑤。

母也天只⑥！不谅人只⑦！

泛彼柏舟，在彼河侧。

髧彼两髦，实维我特⑧。

之死矢靡慝⑨。

母也天只！不谅人只！

【注释】

①泛：漂浮。《说文》："泛，浮也。从水乏声。"

柏（bǎi）：柏木。

②中河：河中。

③髧（dàn）：头发下垂的样子。《毛传》："髧，两髦之貌。"

髦（máo）：长发。未行冠礼前，下垂至眉的发式。《毛传》："髦者，发至眉，子事父母之饰。"

④实：确实，实在。

维：乃，是。

仪：匹也，配偶。

⑤之：至、到。甲骨文作✋，表示脚离开此地有所往。

矢：通"誓"，发誓。"矢志不渝"的"矢"即用此义。

靡：无，没有。"靡不有初，鲜克有终"的"靡"即用此义。

⑥只：语气词。《说文》："只，语已词也。从口，象气下引之形。"

⑦谅：体谅。

⑧特：本指公牛，此指配偶。《毛传》："特，匹也。"

⑨慝(tè)：通"忒"，变更。《说文》："忒，更也。从心弋声。"

【简析】

两章意思与形式均差不多，重章叠唱，反复坚定地表明自己的选择。女孩情窦初开，爱是一切，所以反抗激烈。女孩感性，跟着感觉走，可能受到了长辈理性的阻挠。谁没有年轻过？但经历过时间和生活的磨砺，也就多了些理智，甚至功利。

2. 王风·大车

【题解】

就问你敢不敢，像我爱你一样地爱我？

【诗篇】

大车槛槛①，毳衣如菼②。
岂不尔思③？畏子不敢。

大车啍啍④，毳衣如璊⑤。
岂不尔思? 畏子不奔⑥。

穀则异室⑦，死则同穴⑧。
谓予不信⑨，有如皦日⑩!

【注释】

①槛(kǎn)槛：车行声。

②毳(cuì)：细毛。《说文》："毳，兽细毛也。从三毛。"

菼(tǎn)：初生的荻，颜色介于青白之间。《说文》："菼，萑之初生。"

③岂不尔思：即岂不思尔。类似句式如"时不我待"。

④啍(tūn)啍：沉重缓慢的样子。《毛传》："啍啍，重迟之貌。"

⑤璊(mén)：赤色玉。《毛传》："璊，赪(chēng)也。"《说文》："璊，玉赪色也。从玉㒼声。"

⑥奔：私奔。

⑦穀：生，活着。

室：房屋，居室。

⑧穴：墓穴。《说文》："穴，土室也。"

⑨信：诚实不欺。《说文》："信，诚也。从人从言。会意。"

⑩皦(jiǎo)：光亮洁白。《毛传》："皦，白也。"《说文》："皦，玉石之白也。从白敫声。"

【简析】

第一、第二章反复表明想带着你向幸福的方向奔去，但又不知你到底敢不敢。"槛槛""啍啍"以车声沉闷的、车行迟缓传达了因为爱情遭遇阻力而心情沉重。从前两章的后两句中可以感受到些微的埋怨。第三章全为誓言，许下永远忠于爱情的诺言，一心一意，至死不渝。让太阳作见证。指天发誓，永不变心，希望打消女方的疑虑。

3. 鄘风·蝃蝀

【题解】

违背婚姻制度的结合，得不到祝福。

【诗篇】

蝃蝀在东①，莫之敢指②。

女子有行③，远父母兄弟。

朝隮于西④，崇朝其雨⑤。

女子有行，远兄弟父母。

乃如之人也⑥，怀昏姻也⑦。

大无信也⑧，不知命也⑨！

【注释】

①蝃蝀（dì dōng）：彩虹。《释名》：“阴阳不合，昏姻错乱，淫风流行，男美于女，女美于男，互相奔随之时，则此气盛。”

②莫之敢指：莫敢指之。我国很多地方还有不能用手指月亮的风俗。

③有行：指出嫁。

④朝：早晨。甲骨文作𣠩，以太阳已从草丛中升起，月亮尚未落下的场景表示早晨。

隮（jī）：升。郑玄笺：“朝有升气于西方。”

⑤崇朝（zhāo）：整个早晨。“崇”通“终”。《毛传》：“崇，终也。从旦至食时为终朝。”

⑥如：像。

之：这。

⑦怀：通"坏"，毁坏。

昏姻：婚姻。古代婚礼均是在昏时举行，故名。

⑧大：很，太。

信：贞信，贞洁。

⑨命：父母之命。

【简析】

前两章以彩虹在空中出现起兴，兴中有比，反复强调这个出嫁女子婚姻错乱。典型的文学手法，以异象表示双方的结合没有得到上天的应允、家人的认可。最后一章，直陈女子无父母之命，媒妁之言，坏了婚姻制度；四句结尾都用语气助词"也"，情感充沛。

4. 召南·行露

【题解】

你都有家室了，为什么还来招惹我？你就死了这条心吧，我绝不从你。

【诗篇】

厌浥行露①，岂不夙夜②？谓行多露③！

谁谓雀无角④？何以穿我屋⑤？
谁谓女无家⑥？何以速我狱⑦？
虽速我狱⑧，室家不足⑨！

谁谓鼠无牙⑩？何以穿我墉⑪？

谁谓女无家？何以速我讼⑫？

虽速我讼，亦不女从⑬！

【注释】

①厌浥(qì yì)："厌"通"浥"。《毛传》："厌浥，湿意也。"《说文》："浥，幽湿也。"徐锴《说文系传》："今人多言浥浥也。""浥浥"即"浥浥"。

行：道路。

②岂：难道。

夙：早。"夙兴夜寐"的"夙"即用本义。

③谓：比照《王风·大车》等篇目相似句式，疑"畏"之假借。

④谓：说。

角：鸟喙。《说文》："觜，鸱旧头上角觜也。一曰觜觿也。从角，此声。"段玉裁注："毛角锐。凡羽族之咮锐，故鸟咮曰觜。俗语因之凡口皆曰觜。其实本鸟毛角之称也。""尖嘴猴腮"的"尖嘴"其实本指鸟嘴。

⑤何以：以何，用什么、为什么。

穿：穿破，穿通。《说文》："穿，通也。从牙在穴中。"

屋：房屋。《说文》："屋，居也。从尸，尸，所主也。一曰：尸，象屋形。从至，至，所至止。"

⑥女：你。先假借"女"作第二人称代词，春秋末年出现借"汝"来表示的情况，东汉以后稳定为借"汝"来表示。

家：家室，娶妻。

⑦速：招致。

狱：官司，狱讼。

⑧虽：即使。

⑨室家：《左传·桓公十八年》："女有家，男有室。"此指结婚。

足：充足，充分。

⑩牙：尖牙。《说文》："牙，牡齿也。象上下相错之形。"

⑪墉(yōng)：墙。《说文》："墉，城垣也。从土庸声。㙫，古文墉。"甲骨文作🔲、🔲，象有亭楼的城墙形。

⑫讼：诉讼，官司。《说文》："讼，争也。从言公声。""松"也是以"公"为声符。

⑬不女从：即"不从女"，不顺从你。

【简析】

首章简短，格式异于后两章，为引子，暗示女子所处环境不利，有不愿沾惹而又躲避不了的麻烦。后两章均言男子企图以打官司相逼强娶女子，而女子则坚定地表示无论怎么胁迫，绝不屈从。

5. 郑风·丰

【题解】

如果可以再来一次，一定毫不犹豫跟你走。

【诗篇】

子之丰兮①，俟我乎巷兮②，悔予不送兮③。

子之昌兮④，俟我乎堂兮⑤，悔予不将兮⑥。

衣锦褧衣⑦，裳锦褧裳⑧。
叔兮伯兮，驾予与行⑨。

裳锦褧裳，衣锦褧衣。
叔兮伯兮，驾予与归⑩。

【注释】

①丰：容色丰满美好。《毛传》："丰，丰满也。"《说文》："丰，艸盛丰丰也。"段玉裁注："引申为凡丰盛之称。"

②俟：竢，等待。《说文》："竢，待也。从立矣声。""俟，大也。从人矣声。"经传多用"俟"，"竢"废而"俟"行。

巷：巷子，住所间的小通道。《说文》："䢽，里中道。从䢽从共，皆在邑中所共也。巷，篆文从䢽省。"

③予：我。

送：陪伴着走。

④昌：壮大美好。《毛传》："昌，盛壮貌。"

⑤堂：厅堂。

⑥将：送行，随从。

⑦衣：穿。

锦：织有彩色花纹的丝织品。《毛传》："锦，文衣也。"褧(jiǒng)：麻布罩衣，披风，套在衣服外挡风尘。

衣：上衣。《说文》："衣，依也。上曰衣，下曰裳。"甲骨文作 𠆢，象上衣形。

⑧裳：下裙。《说文》："常，下裙也。从巾尚声。裳，常或从衣。"

⑨驾：驾车。

行：往。

⑩归：回。

【简析】

难以忘记你，后悔没有跟你走。什么时候来娶我？前两章与后两章格式不同，前两章每句均用"兮"结尾，慨叹中回忆过往；后两章幻想将来，坚定表示以后的打算。

第二章　婚恋生活

第一节　婚礼祝福

1. 召南·采蘋

【题解】

少女出嫁前庄重虔诚地准备祭品献祭。

【诗篇】

于以采蘋①？南涧之滨②。
于以采藻③？于彼行潦④。

于以盛之⑤？维筐及筥⑥。
于以湘之⑦？维锜及釜⑧。

于以奠之⑨？宗室牖下⑩。
谁其尸之⑪？有齐季女⑫。

【注释】

①于以：于何，在何处。

蘋(pín)：浮萍，水生植物。《毛传》："古之将嫁女者，必先礼之于宗室，牲用鱼，芼之以蘋藻。"《本草纲目·水草类》："蘋乃四叶菜也。叶浮水面，根连水底。其茎细于莼、荇。其叶大如指顶，面青背紫，有细纹，颇似马蹄决明之叶，四叶合成，中折十字。"

②涧：山间水沟。《毛传》："山夹水曰涧。"《说文》："涧，山夹水也。从水，间声。"

③藻：水草。《说文》："藻，水艸也。从艸从水，巢声。藻，藻或从澡。"

④行：流动。

潦（lǎo）：积水。《说文》："潦，雨水大貌。从水寮声。"《毛传》："行潦，流潦也。"

⑤盛（chéng）：装载。《说文》："盛，黍稷在器中以祀者也。从皿成声。"

⑥筐：盛物的方形竹器。筥（jǔ）：盛物的圆形竹器。《毛传》："方曰筐，圆曰筥。"

⑦湘：韩诗作"鬺"，烹煮。

⑧锜（qí）：三足锅。釜：无足锅。"釜底抽薪""破釜沉舟"等的"釜"即用本义。《毛传》："有足曰锜，无足曰釜。"

⑨奠（diàn）：放置祭品。《说文》："奠，置祭也。从酋。酋，酒也。下其丌也。"

⑩牖：窗户。《说文》："牖，穿壁以木为交窗也。"

⑪尸：主持，祭祀时代表受祭对象的活人。甲骨文作𠄌，象人屈膝而坐之形。

⑫有：形容词词头。

齐：通"斋"，庄重肃敬。《毛传》："齐，敬也。"

季：兄弟姐妹排行最小的，小、少。《说文》："季，少称。"

【简析】

全诗均用问答的形式。首章讲到哪儿采摘哪些祭品，第二章讲盛放、烹煮祭品的器皿，最后一章讲祭祀的地点和主祭人。祭品和仪式均寄托着对未来的美好希冀，故而讲究各种约定俗成的细节规矩。

2. 齐风·著

【题解】

新郎迎接新娘进门。

【诗篇】

俟我于著乎而①，充耳以素乎而②，尚之以琼华乎而③。

俟我于庭乎而④，充耳以青乎而⑤，尚之以琼莹乎而⑥。

俟我于堂乎而⑦，充耳以黄乎而⑧，尚之以琼英乎而⑨。

【注释】

①俟(sì)：竢，等待。《说文》："俟，大也。从人矣声。"段玉裁注："自经传假为竢字，而俟之本义废矣。立部曰：'竢，待也。'废竢而用俟。"

著：大门与屏风之间，古人多于此迎拜。《毛传》："门屏之间曰著。"《释宫》："门屏之间曰宁。"《毛传》："宁立，久立也。"段注："凡云宁立者，正积物之义也引申。俗字作伫，作㽸，皆非是。以其可宁立也，故谓之宁。"

乎而：语尾助词。

②充耳：古代用丝带挂在冠冕两侧，下垂至耳的玉饰。《毛传》："充耳谓之瑱(tiàn)。"《释名·释首饰》："瑱，镇也。或曰充耳，充塞其耳，亦所以止听也。"

素：白绢带。《说文》："素，白致缯也。从糸㲋，取其泽也。"

③尚：加上。《广韵》："尚，加也，饰也。"

琼：美玉。《毛传》："琼，玉之美者。"《说文》："瓊(琼)，赤玉也。从玉夐声。"

华：光彩美丽。

④庭：庭院。

⑤青：青色丝带。

⑥莹：光洁透明。《说文》："莹，玉色。从玉，荧省声。"

⑦堂：厅堂。

⑧黄：黄色丝带。

⑨英：光华，光彩。

【简析】

　　《礼记·士昏义》记载，成亲日，新郎到女方家迎亲，新娘上车后，新郎亲自驾车，车轮转过三圈后交给车夫驾驶，自己则另乘车先回家在门外等候。著、庭、堂由外至内，登堂拜堂成亲。三章的后半部分则均在写新郎的装扮。全诗每句分别记录着婚礼各阶段的细节，仪式庄重；均以语气助词"乎而"结尾，营造出欢快的氛围。

3. 小雅·车舝

【题解】

　　男子欣喜地迎娶内外兼修的女子。

【诗篇】

间关车之舝兮①，思娈季女逝兮②。

匪饥匪渴③，德音来括④。

虽无好友，式燕且喜⑤。

依彼平林⑥，有集维鷮⑦。

辰彼硕女⑧，令德来教⑨。

式燕且誉⑩，好尔无射⑪。

虽无旨酒⑫，式饮庶几⑬；
虽无嘉肴⑭，式食庶几。
虽无德与女⑮，式歌且舞。

陟彼高冈⑯，析其柞薪⑰；
析其柞薪，其叶湑兮⑱。
鲜我觏尔⑲，我心写兮⑳。

高山仰止㉑，景行行止㉒。
四牡骓骓㉓，六辔如琴㉔。
觏尔新昏㉕，以慰我心。

【注释】

①间关：拟声词，车轮转动时发出的声音。

鞛（xiá）：同"辖"，车轴头防止车轮脱落的铁键。《说文》："鞛，车轴端键也。两穿相背，从舛；鬲省声。"段玉裁注："金部：'键，一曰辖也。'车部：'辖，一曰键也。'然则许意谓鞛辖同也。以铁竖贯轴头而制毂如键闭然。"

②思：助词。句首、句中、句末均见。

娈：美好。《毛传》："娈，好貌。"

季：兄弟姐妹中排行最小的，小、少。季春、季夏、季冬分别为春天、夏天、冬天的最后一个月。

逝：去往，此指出嫁。《说文》："逝，往也。从辵折声。"

③匪：不。《说文》："匪，器，似竹筐。从匚非声。"借用为否定词"非"。

④德音：好声誉。朱熹《诗集传》："德音，犹令闻也。"

括：佸，会也。郑玄笺："会合离散之人。"《说文》："佸，会也。从人，昏声。"

⑤式：发语词。郑玄笺："式，发声也。""式微"即为此用法。

燕：同"宴"，宴饮。

⑥依：茂盛。《毛传》："茂木貌。"

平林：平原上的树林。《毛传》："平林，林木之在平地者也。"

⑦集：栖息。《说文》："雧，群鸟在木上也。从雥从木。集，雧或省。"

鷮（jiāo）：长尾野鸡。《说文》："鷮，走鸣长尾雉也。"

⑧辰：美好。

硕：身材高大。

⑨令：美善。"巧言令色"的"令"即用此义，只不过是装出来的好脸色。郑玄笺："令，善也。"

⑩誉：通"豫"，悦豫，安乐。

⑪好：爱。"洁身自好""好学"等的"好"即用此义。

射（yì）：通"斁"，厌倦。郑玄笺："射，厌也。"《说文》："斁，解也。从攴睪声。"

⑫旨：美味。《说文》："旨，美也。从甘匕声。"

⑬庶几：一些。

⑭嘉：美。《说文》："嘉，美也。从壴加声。"

肴：熟肉。《说文》："肴，啖也。从肉爻声。"

⑮与：此为相配义。

⑯陟：登高。《说文》："陟，登也。从𨸏从步。"

冈：山脊，山岭。《说文》："岡，山骨也。从山网声。"简写作"冈"，俗又加山作"岗"。

⑰析：劈开，剖开。《说文》："析，破木也。从木从斤。"

柞（zuò）：栎属，落叶乔木或灌木，枝桠粗壮，材质坚硬。《说文》：

"柞，木也。从木乍声。"段玉裁注："柞可薪。故引申为凡伐木之称。"

薪：木柴，柴火。"杯水车薪""卧薪尝胆""釜底抽薪"等的"薪"即用此义。《说文》："薪，荛也。从艸，新声。"古人结婚时要准备大量火把。

⑱湑(xǔ)：茂盛。《毛传》："湑，盛貌。"

⑲鲜：善，好。《释名》："鲜，好也。"《玉篇》："鲜，善也。"

觏(gòu)：遇见。《说文》："觏，遇见也。从见冓声。"

⑳写：泻，宣泄，倾吐。《毛传》："输写其心也。"《说文》："寫(写)，置物也。从宀，舄声。"段玉裁注："凡倾吐曰寫，故作字作画皆曰寫。俗作瀉(泻)者，寫之俗字。"

㉑仰：仰望。《说文》："仰，举也。从人从卬。"

止：语尾助词。

㉒景行：大路。景，大，高。

行：走。

㉓牡：雄马。《说文》："牡，畜父也。"

骓(fēi)骓：马行走不停的样子。《毛传》："骓骓，行不止之貌。"

㉔辔(pèi)：缰绳。

㉕昏：即"婚"，古代婚仪于昏时举行，故名"昏礼"。

【简析】

首章写迎娶新娘的期待与欣喜。次章赞新娘美丽又有德，发誓永远爱她。三章写我虽配不上你，但会尽心爱你。四章表示能遇见你真好。末章写景色美、心情好，憧憬着美好生活。

4. 豳风·伐柯

【题解】

按婚仪迎娶意中人。

【诗篇】

伐柯如何^①？匪斧不克^②。

取妻如何^③？匪媒不得^④。

伐柯伐柯，其则不远^⑤。

我觏之子^⑥，笾豆有践^⑦。

【注释】

①伐：砍。

柯：斧柄。《毛传》："柯，斧柄也。"《说文》："柯，斧柄也。从木可声。"

②匪：非，没。"受益匪浅""匪夷所思"等的"匪"均借用为"非"。

克：能。"克勤克俭"的"克"即用此义。

③取：娶。初均用"取"，后增"女"分化之。

④媒：媒人，介绍人。《说文》："媒，谋也，谋合二姓。从女某声。"

⑤则：规则，模范。"以身作则"的"则"即用此义。

⑥觏（gòu）：遇见。

之：这，那。

子：女子。

⑦笾（biān）：盛放食品的竹器。《说文》："笾，竹豆也。从竹边声。"

豆：盛食物的高脚器皿。《说文》："豆，古食肉器也。从口，象形。"

有：词头。

践：陈列整齐的样子。《毛传》："践，行列貌。"

【简析】

迎亲歌。按规则办婚事，获得美满幸福。

5. 召南·鹊巢

【题解】

新婚礼赞。

【诗篇】

> 维鹊有巢^①，维鸠居之^②。
> 之子于归^③，百两御之^④。
>
> 维鹊有巢，维鸠方之^⑤。
> 之子于归，百两将之^⑥。
>
> 维鹊有巢，维鸠盈之^⑦。
> 之子于归，百两成之^⑧。

【注释】

①维：助词，无义。"维新"的"维"同之。段玉裁《说文解字注》："经传多用为发语之词。毛诗皆作'维'，《论语》皆作'唯'，古文《尚书》皆作'惟'，今文《尚书》皆作'维'。"

②鸠：鸤鸠。

③之：这。

子：女子。

于：语助词。类似的如"凤凰于飞"。

归：女子出嫁。《毛传》："妇人谓嫁曰归。"

④两：辆，古代车一般为两轮，故以"两"为量词，"辆""俩"均为后起增旁分化字。

御：或作迓（yà），迎接。

⑤方：并排，共有。《毛传》："方之，方有之也。"《说文》："方，并船也。象两舟省总头形。"

⑥将：送行，护送。

⑦盈：充实，充满。《说文》："盈，满器也。从皿、及。"

⑧成：做完，完成婚礼。

【简析】

首章迎亲，次章返程，尾章礼成。各章兴中有比，"居"是建好新房以待新娘，"方"是夫妻同居，"盈"有祝福子女满室之意。

6. 召南·何彼秾矣

【题解】

贵族的奢华婚礼。

【诗篇】

何彼秾矣①，唐棣之华②！

曷不肃雝③？王姬之车④。

何彼秾矣，华如桃李⑤！

平王之孙⑥，齐侯之子⑦。

其钓维何⑧？维丝伊缗⑨。

齐侯之子，平王之孙。

【注释】

①秾（nóng）：花木繁盛貌。

②唐棣（dì）：树木名，棠棣，落叶小乔木。

华："花"之本字，花朵。"华"繁体字作"華"，从艸，犹知其与植物有关。北朝时期出现从艸化声的俗体字形"花"。

③曷：何。

肃：庄严肃静。

雝（yōng）：和悦，和谐。

④王：周王。

姬：姓，周为姬姓。

⑤桃李：桃花红、李花白。

⑥平王：周平王。

⑦齐侯：齐国国君。

⑧钓：这里指钓鱼的线。

⑨维、伊：语助词。

缗（mín）：纠丝为绳。《毛传》："缗，纶也。"

【简析】

首章以花木的茂盛艳丽起兴，写出嫁车辆的豪奢。次章以桃红李白起兴，写新娘新郎光彩照人。末章以钓具起兴，祝婚姻和谐美满。

7. 卫风·硕人

【题解】

庄姜出嫁。

【诗篇】

> 硕人其颀①，衣锦褧衣②。
>
> 齐侯之子③，卫侯之妻④。
>
> 东宫之妹⑤，邢侯之姨⑥，谭公维私⑦。
>
> 手如柔荑⑧，肤如凝脂⑨，
>
> 领如蝤蛴⑩，齿如瓠犀⑪，
>
> 螓首蛾眉⑫，巧笑倩兮⑬，美目盼兮⑭。
>
> 硕人敖敖⑮，说于农郊⑯。
>
> 四牡有骄⑰，朱幩镳镳⑱，翟茀以朝⑲。
>
> 大夫夙退⑳，无使君劳㉑。
>
> 河水洋洋㉒，北流活活㉓。
>
> 施罛濊濊㉔，鱣鲔发发㉕，葭菼揭揭㉖，
>
> 庶姜孽孽㉗，庶士有朅㉘。

【注释】

①硕：高大。

其：语助词，有加强作用。

颀（qí）：身材修长。

②衣：穿。锦：有彩色花纹的丝织品。《毛传》："锦，文衣也。"

褧（jiǒng）：细麻布罩衫，套在最外层以遮挡尘土。

③齐侯：齐庄公。

子：女儿。

④卫侯：卫庄公。

⑤东宫：太子居处，代指太子。

⑥邢：春秋国名。《说文》："邢，周公子所封。"

姨：妻子的姐妹。《毛传》："妻之姊妹曰姨。"《说文》："姨，妻之女弟，同出为姨。从女夷声。"

⑦谭：春秋国名。

私：女子称姊妹的丈夫为私。

⑧荑（tí）：茅草的嫩芽。

⑨脂：油脂。

⑩领：脖颈。《毛传》："领，颈也。"《说文》："领，项也。从页，令声。""引领而望""领巾""要领"等的"领"尚可见其本义。"要领"本指腰和颈，引申指关键。

蝤蛴（qiú qí）：天牛的幼虫，色白身长。

⑪瓠犀（hù xī）：瓠瓜子，色泽洁白，排列整齐。朱熹《诗集传》："瓠犀，瓠中之子，方正洁白，而比次整齐也。"

⑫螓（qín）：似蝉而小，方头广额。《毛传》："螓首，颡（sǎng）广而方。"

蛾：蚕蛾，触须细长弯曲。

⑬倩：美好。《毛传》："倩，好口辅也。"因诗句描写的是笑，故云嘴角之间好看。

⑭盼：眼睛顾盼流转之态。《毛传》："盼，白黑分。"

⑮敖：高大。《毛传》："敖敖，长貌。"

⑯说（shuì）：通"税"，停，休憩，止息。《毛传》："说，舍也。"

郊：郊区。《说文》："郊，距国百里为郊。"

⑰牡：雄马。

有：词头。

骄：健壮。《说文》："骄，马高六尺为骄。从马乔声。"

⑱朱：红色。

幩（fén）：缠在马嚼子两旁的绸条。《毛传》："幩，饰也。"《说文》："幩，马缠镳扇汗也。从巾贲声。"

镳（biāo）镳：盛美的样子。《毛传》："镳镳，盛貌。"

⑲翟（dí）：野鸡长长的尾羽。《毛传》："翟，翟车也。夫人以翟羽饰车。"

茀（fú）：车蔽。《毛传》："茀，蔽也。"孔颖达疏："妇人乘车不露见，车之前后设障以自蔽隐，谓之茀。"

朝：朝见。

⑳夙：早。

㉑无：不要。

劳：辛劳。

㉒河：黄河。

洋洋：浩荡盛大的样子。《毛传》："洋洋，盛大也。"

㉓北流：黄河在齐、卫间北流入海。

活（guō）活：水流声。《说文》："活，水流声。从水昏声。"

㉔施：张设。

罛（gū）：大鱼网。《说文》："罛，鱼罟也。从网瓜声。"

濊（huò）濊：鱼网入水声。朱熹《诗集传》："濊濊，罛入水声也。"

㉕鳣（zhān）：大鲤鱼。《毛传》："鳣，鲤也。"

鲔（wěi）：鲟鱼。

发（bō）发：鱼尾击水之声。

㉖葭（jiā）：初生的芦苇。《说文》："葭，苇之未秀者。从艸叚声。"

菼（tǎn）：初生的荻。《说文》："菼，萑之初生。从艸剡声。菼，萑或从炎。"

揭揭：高长之貌。《毛传》："揭揭，长也。"

㉗庶姜：陪嫁的姜姓众女。齐国姓姜，诗中出嫁者为庄姜。

孽（niè）孽：装饰华丽。《毛传》："孽孽，盛饰。"

㉘庶士：随从到卫的媵（yìng）臣。

有朅（qiè）：即"朅朅"，勇武壮健。《毛传》："朅，武壮貌。"

【简析】

首章讲出嫁女子的显赫身世。次章描写庄姜的美丽姿容。三、四两章表现婚礼的隆重盛大。

8. 邶风·燕燕

【题解】

卫国国君送二妹出嫁。

【诗篇】

燕燕于飞①，差池其羽②。
之子于归③，远送于野④。
瞻望弗及⑤，泣涕如雨⑥。

燕燕于飞，颉之颃之⑦。
之子于归，远于将之⑧。
瞻望弗及，伫立以泣⑨。

燕燕于飞，下上其音⑩。
之子于归，远送于南。
瞻望弗及，实劳我心⑪。

仲氏任只⑫，其心塞渊⑬。

终温且惠⑭，淑慎其身⑮。

先君之思⑯，以勖寡人⑰。

【注释】

①燕燕：成双的燕子们。

于：语助词，无义。

②差(cī)池：同"参差"，不齐的样子。

③之：这。"甘之若饴""置之度外"等的"之"即用作代词。

子：女子。

于：语助词，无义。

归：女子出嫁。

④野：甲骨文作𣏟，即"埜"，从林从土，指郊外。《毛传》："郊外曰野。"

⑤瞻：往远处看。"瞻前顾后"的"瞻"即用此义。

弗：不能。

及：甲骨文作𠬝，以手抓住前边的人会意，本指赶上，跟上。"追及"即追赶上，"及时"指赶得上。《说文》："及，逮也。从又从人。"

⑥泣：哭。《说文》："泣，无声出涕曰泣。从水立声。"

涕：眼泪。《毛传》："自目出曰涕。""痛哭流涕"的"涕"即用本义。《说文》："洟，鼻液也。"段玉裁注："古书'弟''夷'二字多相乱，于是谓自鼻出者曰'涕'，而自目出者别制'淚(泪)'字。""淚"从水戾声，后来又用从水从目的"泪"取代它来表示眼泪。

⑦颉(xié)：向下飞。《说文》："颉，直项也。从页吉声。"段玉裁注："飞而下如䜌首然，故曰颉之。"

颃(háng)：向上飞。《说文》："颃，亢或从页。"段玉裁注："颃即亢字，兀之引申为高也，故曰颀之。"

⑧将：送行。

⑨伫：久立。《说文》："竚，久立也。从人从宁。""竚"后写作"伫"。

⑩音：鸣叫声。《说文》："音，声也。""音"金文作𠀉，是在"言"的"口"中增短横而成，本指从口里发出的声音。"声"甲骨文作𦔮，字形表现的是耳朵听到敲击磬发出的乐音。《乐记》："知声而不知音者，禽兽是也。"泛化之后，"声""音"的区别逐渐模糊，凝结成词。

⑪劳：忧伤，忧愁。

⑫仲：本指兄弟姐妹中排行第二，此指二妹。

任：信任，信赖。

只：语助词。《说文》："只，语已词也。从口，象气下引之形。"

⑬塞：诚实。郑玄笺："塞，充实也。"段玉裁："塞为寒之假借字也。"《说文》："寒，实也。从心，塞省声。"

渊：深。

⑭终……且……：既……又……。

温：温和，柔和。"温文尔雅""温柔"的"温"即用此义。

惠：柔顺，和顺。

⑮淑：贤良，美善。《说文》："淑，清湛也。从水，叔声。"

慎：谨慎。

⑯先君：已故的国君。

⑰勖（xù）：勉励。《说文》："勖，勉也。从力，冒声。"

寡人：寡德之人，古代君王对自己的谦称。古代讲究以德治国。

【简析】

前三章以燕子欢飞鸣唱，反衬送嫁时兄妹别离的愁苦哀伤。末章赞美妹妹的性格品质。

9. 周南·桃夭

【题解】

送嫁。祝福美丽的新娘美满幸福。

【诗篇】

桃之夭夭^①，灼灼其华^②。

之子于归^③，宜其室家^④。

桃之夭夭，有蕡其实^⑤。

之子于归，宜其家室。

桃之夭夭，其叶蓁蓁^⑥。

之子于归，宜其家人。

【注释】

①夭夭：茂盛绚丽。《毛传》："夭夭，其少壮也。"《说文》："枖，木少盛貌。从木夭声。""枖"中的部件"夭"也有提示字义的作用。

②灼灼：鲜艳明亮。《毛传》："灼灼，华之盛也。"

华：金文作𦰗_{命簋}，象花朵之形，为"花"之本字。

③之：这。"甘之若饴""置之度外"等的"之"均作代词用。

子：女子。

于：词头。

归：出嫁。朱熹《诗集传》："妇人谓嫁曰归。"

④宜：适宜，合适。朱熹《诗集传》："宜者，和顺之意。""景色宜人"指风景让人感到舒适，"权宜之计"指暂时适宜的办法，"宜"的用法类之。

室：夫妇所居。《礼记·曲礼上》："三十曰壮，有室。"妻室均指妻子。

《韩非子》"丈夫二十而室"，指娶妻。

家：一门之内。朱熹《诗集传》："室，谓夫妇所居。家，谓一门之内。"

⑤有：形容词词头。

蕡（fén）：果实很多很大的样子。《毛传》："蕡，实貌。"《玉篇》："蕡，草木多实也。"《说文》："蕡，杂香艸。从艸贲声。"段玉裁注："假借为墳大字耳。"

实：植物结的果实。

⑥蓁（zhēn）蓁：草木茂盛的样子。《毛传》："蓁蓁，至盛貌。"《说文》："蓁，草盛貌。从艸秦声。"

【简析】

兴中有比，以桃花喻美人自此始。首章前两句以桃枝柔嫩、桃花鲜艳喻富于青春气息的新娘，后两句则以宜室宜家赞美新娘的内在美。第二、三章稍变其词，复沓中渲染了欢乐热烈的气氛，而语意上又有一定的推进，分别以硕果累累、枝繁叶茂祝福儿孙满堂、兴旺发达，婚后生活美满幸福。

10. 周南·樛木

【题解】

迎接新娘的到来。祝夫妻和睦，新郎福禄双全。

【诗篇】

南有樛木①，葛藟累之②。
乐只君子③，福履绥之④。

南有樛木，葛藟荒之⑤。

乐只君子，福履将之⑥。

南有樛木，葛藟萦之⑦。

乐只君子，福履成之⑧。

【注释】

①樛(jiū)：木枝弯曲下垂。《毛传》："木下曲曰樛。"郑玄笺："木枝以下垂之故，故葛也藟也得累而蔓之。"《说文》："樛，下句曰樛。从木翏声。"

②葛藟(lěi)：葡萄科，藤葛类蔓生植物。

累：缠绕，攀缘。

③只：语气助词。《说文》："只，语已词也。从口，象气下引之形。"

④福履：福禄。《毛传》："履，禄。"

绥(suí)：安好，安乐。《毛传》："绥，安也。"本指挽着登车的绳索。徐锴曰："礼：升车必正立执绥，所以安也。"

⑤荒：掩盖。《说文》："荒，芜也。从艸巟声。一曰艸掩地也。"

⑥将：扶持，扶助。

⑦萦：缠绕。"魂牵梦萦"的"萦"即用此义。《说文》："萦，收卷也。从糸，荧省声。"

⑧成：成就，成全。"玉成其事""成人之美"的"成"即用此义。《说文》："成，就也。从戊丁声。"

【简析】

以葛藟缠绕樛木喻夫妻和睦，祝福新郎福禄相随。

11. 小雅·鸳鸯

【题解】

祝婚姻和美，祝新郎福寿绵绵。

【诗篇】

鸳鸯于飞①，毕之罗之②。
君子万年，福禄宜之③。

鸳鸯在梁④，戢其左翼⑤。
君子万年，宜其遐福⑥。

乘马在厩⑦，摧之秣之⑧。
君子万年，福禄艾之⑨。

乘马在厩，秣之摧之。
君子万年，福禄绥之⑩。

【注释】

①于：语助词，无义。

②毕：初文为"華"，甲骨文作，象长柄小网。后增义符"田"作
段簋，以示与田猎有关。另外，金文还有增声符"今"作禽簋，表示擒获。
"毕""禽"均为"華"的后起分化字。《说文》："畢（毕），田网也。从華，
象畢形微也。"《毛传》："畢（毕），所以掩兔也。"

罗：甲骨文作，为张网捕鸟的写照。《说文》："羅（罗），以丝罟鸟
也。从网从维。""天罗地网""门可罗雀"等的"罗"尚可见其本义，"包罗"

"收罗"等为其引申义。

③宜：和顺，安适。"风景宜人"的"宜"用义类之。

④梁：堤堰，鱼梁，水中筑的捕鱼坝。段玉裁："《毛传》：'石绝水曰梁。'谓所以偃塞取鱼者。"

⑤戢(jí)：收敛。《说文》："戢，藏兵也。从戈，咠声。"

翼：翅膀。"比翼双飞""羽翼丰满""如虎添翼"等的"翼"即用此义。《说文》："𦐀，翅也。从飞，異声。翼，篆文𦐀从羽。"

⑥遐(xiá)：长久，久远。《说文新附》："遐，远也。从辵叚声。"本义为远，"闻名遐迩"的"遐"即用本义。

⑦乘(shèng)：四马一车为一乘。

厩：马棚。《说文》："厩，马舍也。从广𣪠声。"

⑧摧(cuò)：同"莝"，铡草。《说文》："莝，斩刍也。从艸坐声。"

秣(mò)：用粮食喂马。《毛传》："秣，粟也。"《说文》："秣，食马谷也。从食末声。""厉兵秣马"的"秣"即用此义。

⑨艾：助。《尔雅·释诂》："艾，相也。"

⑩绥：安。《论语·乡党》："升车，必正立，执绥。""绥"本指上车时为防止摔落手抓的绳子，引申指安定。

【简析】

前两章以鸳鸯祝夫妇恩爱，后两章写喂饱马去迎娶新娘。每章后两句都是对新郎的祝福。

12. 周南·螽斯

【题解】

祝福多子多孙。

【诗篇】

螽斯羽①，诜诜兮②。
宜尔子孙③，振振兮④。

螽斯羽，薨薨兮⑤。
宜尔子孙，绳绳兮⑥。

螽斯羽，揖揖兮⑦。
宜尔子孙，蛰蛰兮⑧。

【注释】

①螽（zhōng）斯：蝈蝈。《毛传》："螽斯，蚣蝑也。"
羽：羽翼，翅膀。

②诜（shēn）诜：众多。《毛传》："诜诜，众多也。"朱熹《诗集传》："诜诜，和集貌。"段玉裁："或作駪駪、莘莘、侁侁，皆同。"

③宜：适宜。《毛传》："宜者，和顺之意。""宜人""合宜""不宜"等的"宜"尚可见此义。

④振（zhēn）振：群，盛。《左传·僖公五年》："均服振振，取虢之旂（qí）。""振振"状众盛之貌。

⑤薨（hōng）薨：象声词，众虫齐飞声。

⑥绳绳：绵延不绝，接连不断。朱熹《诗集传》："绳绳，不绝貌。"

⑦揖（jí）揖：众多。《毛传》："揖揖，会聚也。"

⑧蛰蛰：众多聚集。《毛传》："蛰蛰，和集也。"朱熹《诗集传》："蛰蛰，亦多意。"

【简析】

三章反复以螽斯群飞比兴，祝福新婚夫妇儿孙满堂。

第二节 夫妻恩爱

1. 唐风·绸缪

【题解】

新婚之夜的缠绵与喜悦。

【诗篇】

绸缪束薪①，三星在天②。
今夕何夕③，见此良人④。
子兮子兮⑤，如此良人何⑥？

绸缪束刍⑦，三星在隅⑧。
今夕何夕，见此邂逅⑨。
子兮子兮，如此邂逅何？

绸缪束楚⑩，三星在户⑪。
今夕何夕，见此粲者⑫。
子兮子兮，如此粲者何？

【注释】

①绸（chóu）缪（móu）：紧密缠缚。《毛传》："绸缪，言缠绵也。"《说文》："绸，缪也。从纟周声。"段玉裁注："今人'绸缪'字不分用，然《诗·都人士》单用'绸'字，曰'绸直如发'，《毛传》以密直释之，则'绸'即'稠'之假借也。"

束薪：捆束柴草。"薪"之本字为"新"，甲骨文作🔥、🔥，从木或中从斤辛声，本指以斧斤砍草木取柴。"杯水车薪""釜底抽薪"等的"薪"均用柴草义。古代婚礼必燎炬为烛，故婚姻相关篇目多有薪、楚、柞等物。

②三星：参星。成语"月没参横"，以月亮已落、参星横斜指夜深。

③夕：夜晚。

④良人：古时女子对丈夫的称呼。

⑤子兮：你呀。

⑥如……何：把……怎么样。

⑦刍：喂牲畜的草。甲骨文作🔥，为手持断草形。

⑧隅（yú）：角落。《毛传》："隅，东南隅也。"朱熹《诗集传》："昏见之星至此，则夜久矣。"

⑨邂逅：怡悦、爱悦，用作名词，指悦慕之人。《毛传》："邂逅，解说之貌。"

⑩楚：荆条，灌木名。《说文》："楚，丛木。一名荆也。从林疋声。"

⑪户：室户。朱熹《诗集传》："户必南出，昏见之星至此，则夜分矣。"

⑫粲（càn）：美好，鲜明。"粲"本指精米。段玉裁《说文解字注》："粲米最白，故为鲜好之称。"

【简析】

甜蜜新婚，两情相悦，陶醉于幸福之中，不知今夕何夕。

2. 郑风·女曰鸡鸣

【题解】

和谐美好的早晨。岁月静好，与子偕老。

【诗篇】

女曰："鸡鸣。"士曰："昧旦①。"
"子兴视夜②，明星有烂③。"
"将翱将翔④，弋凫与雁⑤。"

弋言加之⑥，与子宜之⑦。
宜言饮酒，与子偕老⑧。
琴瑟在御⑨，莫不静好⑩。

知子之来之⑪，杂佩以赠之⑫。
知子之顺之⑬，杂佩以问之⑭。
知子之好之⑮，杂佩以报之。

【注释】

①昧：昏暗。《说文》："昧，昧爽，旦明也。从日未声。一曰闇也。"段玉裁注："昧者，未明也。爽者，明也。合为将旦之称。"

旦：日初出，破晓，天亮。甲骨文作🄔，为太阳刚升起的样子。

②兴：起来。"夙兴夜寐"的"兴"即用此义。

视：看，观察。

③有：词缀。

烂：明亮。

④将：将要。

⑤弋(yì)：用系有绳子的箭射猎。

凫(fú)：水鸟，野鸭。

⑥言：语气助词。"言归于好"、下文"宜言饮酒"、《卫风·氓》"静言思之"用法与之同。

加：射中。

⑦宜：熟肉。《毛传》："宜，肴也。"甲骨文作🦴，象俎案上放着肉。战国金文俎案形变为"宀"。

⑧偕：一同，一起。

⑨琴瑟：均为弦乐器，琴最初是五根弦，后加至七根弦，瑟古有五十根弦，后为二十五根或十六根弦。古代琴瑟常合奏，故常用来比喻夫妻感情和谐。

御：用，弹奏。

⑩静好：宁静美好。

⑪来：慰勉，体贴。

⑫杂佩：珠、玉等佩饰，质料和形状不一，故称杂佩。

⑬顺：柔顺。

⑭问：慰问。

⑮好：爱恋。

【简析】

第一章"女曰鸡鸣"写妻子催得委婉，"士曰昧旦"写丈夫还想再睡会儿。"子兴视夜，明星有烂"，不信你去看看，现在还满天星光，早着哩。"将翱将翔"，再晚鸟雀就飞跑了，写妻子再次提醒丈夫。第二章希望丈夫有猎获，为丈夫备办好食美酒。第三章赞美妻子的温柔体贴，表达对妻子的爱恋。夫妇和睦，幸福美满。

3. 齐风·鸡鸣

【题解】

夫妇生活情趣。妻子催促起床，丈夫缠绵难舍。

【诗篇】

　　"鸡既鸣矣①，朝既盈矣②。"

　　"匪鸡则鸣③，苍蝇之声。"

　　"东方明矣，朝既昌矣④。"

　　"匪东方则明，月出之光。"

　　"虫飞薨薨⑤，甘与子同梦⑥。"

　　"会且归矣⑦，无庶予子憎⑧。"

【注释】

　　①既：已经。甲骨文作，以人吃完食物表示已经的意思。

　　②朝：甲骨文作，以太阳从草丛中升起而月亮仍在会早晨之意。本指早晨。一说早集，一说朝堂。

　　盈：满、盛。"热泪盈眶""喜气盈门"等的"盈"即用"满"义。

　　③匪：非，不是。"匪夷所思""获益匪浅"的"匪"即用此义。"匪"为"筐"之本字，本指一种竹筐类的容器，借用为"非"。

　　④昌：昌明、昌盛。《毛传》："朝已昌盛。"

　　⑤薨薨：振翅声。

　　⑥甘：乐意。"心甘情愿"的"甘"即用此义。

　　⑦会：会聚。

　　且：将要。

　　⑧无：不。

　　庶：希望。

　　憎：厌恶。《说文》："憎，恶也。从心曾声。"

【简析】

第一章，首两句妻子叫醒丈夫，鸡叫了，要工作了；次两句，丈夫故意逗弄说，你听错了，不是鸡叫，是苍蝇在叫。第二章，妻子说东方已经亮了，该做事去了；丈夫故意逗弄说，不是天亮，是月亮。末章丈夫说，就想跟你多睡会儿嘛；妻子说，你一会儿就回来了，不要误了正事。全诗为夫妇私话，富于生活气息。

4. 齐风·东方之日

【题解】

妻子明艳动人，柔情蜜意。

【诗篇】

> 东方之日兮，彼姝者子①，在我室兮②。
> 在我室兮，履我即兮③。
>
> 东方之月兮，彼姝者子，在我闼兮④。
> 在我闼兮，履我发兮⑤。

【注释】

①姝：容貌美丽。《毛传》："姝，美色也。"

子：女子。

②室：内室。古常称妻为室，《礼记·曲礼上》："三十曰壮，有室。"《说文》："室，实也。从宀从至。至，所止也。"

③履：动词，踩踏，行走。"如履平地"的"履"即用此义。

即：靠近，接近。"若即若离"的"即"即用此义。

④闼（tà）：内门。

⑤发："發"的简化。走去。"朝发夕至""出发"等的"发"犹存此义。

【简析】

妻子如日月，光彩照人，温婉体贴，形影不离。

5. 郑风·缁衣

【题解】

无微不至的体贴。

【诗篇】

> 缁衣之宜兮①，敝予又改为兮②。
> 适子之馆兮③，还予授子之粲兮④。
>
> 缁衣之好兮⑤，敝予又改造兮⑥。
> 适子之馆兮，还予授子之粲兮。
>
> 缁衣之席兮⑦，敝予又改作兮⑧。
> 适子之馆兮，还予授子之粲兮。

【注释】

①缁（zī）：黑色。《毛传》："缁，黑色。卿士听朝之正服也。"《说文》："缁，帛黑色也。从纟，甾声。"

宜：合适，合身。"风景宜人""事不宜迟"等的"宜"犹存此义。

②敝：破旧。"敝帚自珍"犹存此义。《说文》："㡀，败衣也。从巾，象衣败之形。凡㡀之属皆从㡀。"《说文》："敝，㡀也。一曰：败衣。从攴

从宀，宀亦声。"

为：制作。

③适：去往。"无所适从"的"适"犹存此义。

馆：官署。孔颖达《毛诗正义》："卿士旦朝于王，服皮弁，不服缁衣。退适治事之馆，释皮弁而服(缁衣)，以听其所朝之政也。"

④还：返回。

粲(càn)：精米。《毛传》："粲，餐也。"《说文》："稻重一秅，……为米六斗太半斗曰粲。从米，奴声。"段注："以今目验言之，稻米十斗舂之为六斗大半斗，精无过此者矣。"

⑤好：美好。

⑥造：制作。

⑦席：宽大舒适。《毛传》："席，大也。"《玉篇》："安也。"

⑧作：制造。"为他人作嫁衣裳"的"作"亦用此义。

【简析】

三章意思相仿，稍变其词，采用复沓的手法，反复表示要为丈夫裁新衣，做美食。全诗洋溢着温情。

6. 陈风·防有鹊巢

【题解】

忧因离间而失去爱人。

【诗篇】

防有鹊巢①，邛有旨苕②。

谁侜予美③？心焉忉忉④。

中唐有甓⑤，邛有旨鷊⑥。
谁侜予美？心焉惕惕⑦。

【注释】

①防：堤坝。《说文》："防，隄也。从阜，方声。"

②邛（qióng）：土丘。《毛传》："邛，丘也。"

旨：美味。《说文》："旨，美也。从甘，匕声。"甲骨文作 🥄，从匕从口，以小勺将食物送入口中会意。

苕（tiáo）：生长在低湿地的蔓生植物。《说文》："苕，艸也。从艸，召声。"

③侜（zhōu）：诳骗。《毛传》："侜张，诳也。"《说文》："侜，有廱蔽也。从人舟声。"

予美：我的爱人。

④忉（dāo）忉：忧伤的样子。

⑤中唐：庭院中的道路。《毛传》："中，中庭也。唐，堂途也。"

甓（pì）：砖瓦。

⑥鷊（yì）：虉，绶草，杂色小草。郭璞注："小草，有杂色，似绶。"

⑦惕（tì）惕：心绪不宁的样子。

【简析】

两章前两句似均以不合常理的现象喻有人颠倒黑白，离间与爱人的感情；后两句则直接反映内心的忧虑不安。

7. 郑风·扬之水

【题解】

你是我今生的唯一。

【诗篇】

扬之水①，不流束楚②。

终鲜兄弟③，维予与女④。

无信人之言⑤，人实诳女⑥。

扬之水，不流束薪⑦。

终鲜兄弟，维予二人。

无信人之言，人实不信⑧。

【注释】

①扬：悠扬。

②束：捆束。

楚：荆条。《说文》："楚，丛木。一名荆也。从林疋声。"《诗》中多以"束楚""束薪"喻夫妻关系。

③鲜(xiǎn)：少。"鲜为人知""寡廉鲜耻"等的"鲜"即有此义。

④维：唯独。

⑤无：毋，不要，别。"无论"的"无"犹存此义。

⑥实：副词，实在。

诳(kuáng)：欺骗。

女：假借指你，后借"汝"指你。

⑦薪：柴木。为"新"增"艹"而成。"新"甲骨文作 🗡，以斧斤砍木取柴会意。

⑧信：诚实，可靠。《说文》："信，诚也。从人从言，会意。"

【简析】

兴中有比。小风小浪算什么，我们的命运早已捆绑在一起。流言蜚语不要信，我的世界里只有你。

第三节　思乡怀亲

1. 周南·葛覃

【题解】

新嫁女准备回娘家的喜悦与急切。

【诗篇】

> 葛之覃兮①，施于中谷②，维叶萋萋③。
> 黄鸟于飞④，集于灌木⑤，其鸣喈喈⑥。
>
> 葛之覃兮，施于中谷，维叶莫莫⑦。
> 是刈是濩⑧，为絺为绤⑨，服之无斁⑩。
>
> 言告师氏⑪，言告言归⑫。
> 薄污我私⑬，薄澣我衣⑭。
> 害澣害否⑮？归宁父母⑯。

【注释】

①葛：葛藤。《说文》："葛，絺绤艸也。从艸曷声。"

覃（tán）：延长，蔓延。

②施（yì）：延伸，蔓延。

中谷：谷中。

③维：助词。"维新"的"维"用法同之。

萋萋：茂盛的样子。《说文》："萋，艸盛。从艸妻声。"

④于：助词，无义。《大雅·卷阿》"凤凰于飞"、《小雅·甫田之什》"鸳鸯于飞"同此。

⑤集：栖息。甲骨文作 ，以鸟止于木上会意。

灌木：低矮丛生的木本植物。《毛传》："灌木，藂木也。"

⑥喈喈（jiē）：拟声词，鸟鸣声。

⑦莫莫：茂密之貌。

⑧刈（yì）：割。《说文》："乂，芟艸也。从丿从乀，相交。刈，乂或从刀。"

濩（huò）：煮。《毛传》："濩，煮之也。"疑用为"穫"。《说文》："穫，刈穀也。从禾蒦声。"段玉裁注："芟艸、穫穀总谓之乂。"

⑨绤（chī）：细葛布。《说文》："绤，细葛也。从糸希声。"

绤（xì）：粗葛布。《说文》："绤，粗葛也。从糸谷声。"

⑩服：穿。

斁（yì）：厌弃。

⑪言：助词，无义。"言归于好"同之。

师氏：女师。《毛传》："师，女师也。"孔颖达疏："妇人五十无子出而不复嫁，能以妇道教人者，若今时乳母矣。"类似保姆。

⑫言：助词，无义。

归：回娘家探亲。

⑬薄：助词，无义。《毛传》："薄，辞也。"

污：洗去污垢。

私：日常衣服。《毛传》："私，燕服也。"一说内衣，《释名》："私，近身衣。"

⑭澣（huàn）：洗涤。《说文》："澣，濯衣垢也。从水，斡声。浣，澣或从完。"

⑮害（hé）：通"曷"，何。《毛传》："害，何也。"

⑯归宁：回娘家看望父母。朱熹《诗集传》："宁，安也。谓问安也。"

【简析】

前两章以繁茂的藤叶、婉转的鸟鸣表现抑制不住的喜悦和期盼。从末章"归宁父母"可以看出，原来是在为回娘家清洗、整理衣物。

2. 卫风·竹竿

【题解】

故乡，留存着青春的美好，远嫁女子魂牵梦绕的地方。

【诗篇】

> 籊籊竹竿①，以钓于淇。
> 岂不尔思②？远莫致之③。
>
> 泉源在左④，淇水在右⑤。
> 女子有行⑥，远兄弟父母。
>
> 淇水在右，泉源在左。
> 巧笑之瑳⑦，佩玉之傩⑧。
>
> 淇水滺滺⑨，桧楫松舟⑩。
> 驾言出游⑪，以写我忧⑫。

【注释】

①籊(tì)籊：长而尖细。《毛传》："籊籊，长而杀也。"陈奂《传疏》："杀者，纤小之称。"

②岂不尔思：尔，你，指故乡。"岂不思尔"与"时不我待"句法相同。

③致：达到，传达。

④泉源：河流名。

⑤淇水：河流名，在朝歌之南。

⑥行：出嫁。《诗经》中所见"女子有行"均谓出嫁，似为当时成语。

⑦瑳（cuō）：笑而露齿貌。《毛传》："瑳，巧笑貌。"《说文》："瑳，玉色鲜白。从玉差声。"

⑧傩（nuó）：姿态婀娜柔美。《毛传》："傩，行有度也。"《说文》："傩，行有节也。从人难声。"段玉裁注："自假傩为歐疫字，而傩之本义废矣。"

⑨浟浟（yōu）：水流貌。《说文》："攸，行水也。"段玉裁注："作浟者，俗变也。""浟"同"浟"。

⑩桧（guì）：木名。《毛传》："桧，柏叶松身。"《说文》："桧，柏叶松身。从木会声。"

楫（jí）：船桨。《韵会》："短曰楫，长曰棹。"

⑪驾：乘船。

言：助词，无义。

⑫写：抒发，倾泻，倾吐。"写怀""写意"犹存此义。《说文》："寫（写），置物也。从宀舄声。"段玉裁注："谓去此注彼也。……按凡倾吐曰写。……俗作'泻'者，'写'之俗字。"

【简析】

前两章回忆在故乡的河边游玩、离家远嫁时的情景。后两章企望重归故里，重游旧地，排解愁思。

3. 邶风·泉水

【题解】

远嫁卫女思归而不得。

【诗篇】

毖彼泉水①，亦流于淇②。
有怀于卫③，靡日不思④。
娈彼诸姬⑤，聊与之谋⑥。

出宿于泲⑦，饮饯于祢⑧。
女子有行⑨，远父母兄弟。
问我诸姑⑩，遂及伯姊⑪。

出宿于干⑫，饮饯于言⑬。
载脂载辖⑭，还车言迈⑮。
遄臻于卫⑯，不瑕有害⑰?

我思肥泉⑱，兹之永叹⑲。
思须与漕⑳，我心悠悠㉑。
驾言出游㉒，以写我忧㉓。

【注释】

①毖（bì）：通"泌"。《说文》："泌，侠流也。从水必声。"段玉裁注："侠流者，轻快之流，如侠士然。"

泉水：卫国河流名，即泉源、肥泉。

②流：流入，流归。

淇：卫国河流名。

③有：附于动词、名词、形容词前，无义。

怀：怀念。

④靡（mǐ）：无，没有。"靡不有初，鲜克有终"的"靡"即用此义。《说

文》："靡，披靡也。从非麻声。"段玉裁注："盖其字本作'柀'，从木，析也，写者讹从手，'柀靡'，分散下垂之貌。……又与亡字、无字皆双声，故谓无曰靡。"

⑤娈（luán）：美好。《毛传》："娈，好貌。"

姬：卫君姓姬。《毛传》："诸姬，同姓之女。"

⑥聊：姑且。

谋：商议。"不谋而合"的"谋"即用此义。

⑦泲（jǐ）：卫国地名。《毛传》："泲，地名。"《郑笺》："泲、祢者，所嫁国适卫之道所经，故思宿饯。"

⑧饯（jiàn）：设酒食送行。今犹有"饯行""饯别"。《说文》："饯，送去食也。从食戋声。"

祢（nǐ）：卫国地名。

⑨行：出嫁。

⑩问：问候。

姑：父亲的姐妹。

⑪伯姊：长姐，大姐。

⑫干：卫国地名。

⑬言：卫国地名。

⑭载：助词，无义。"载歌载舞"的"载"同之。《毛传》："载，辞也。"

脂：用油脂涂车轴。

舝（xiá）：上好车键。《说文》："舝，车轴端键也。"朱熹《诗集传》："舝，车轴也。不驾则脱之，设之而后行也。"

⑮还：回返。《说文》："還（还），复也。从辵瞏声。"

言：助词，无义。

迈：远行。《毛传》："迈，行也。"《说文》："迈，远行也。"

⑯遄（chuán）：快速。《毛传》："遄，疾也。"

臻：到达。"渐臻佳境""臻于完美""百福齐臻"等的"臻"犹见此义。《说文》："臻，至也。从至秦声。"

⑰不瑕：不无。马瑞辰《通释》："瑕遐古通用。遐之言胡也。胡、无一声之转。……不遐犹云'不无'，疑之之词也。"

⑱肥泉：水名，即前章之"泉水"。

⑲兹：更加。《说文》："兹，艸木多益。从艸，兹省声。"

永：长。《说文》："永，长也。象水巠理之长。"段玉裁注："引申之，凡长皆曰永。"

⑳须、漕：皆卫国地名。

㉑悠：忧。《说文》："悠，忧也。从心攸声。"

㉒驾：乘车。

言：助词，无义。

㉓写：抒发，倾泻。

【简析】

首章以泉水归淇引出怀念故国。次章回忆出嫁时的情景。第三章设想归国场景。末章回到现实，愁思更甚。

4. 鄘风·载驰

【题解】

故国危难，归国受阻。

【诗篇】

载驰载驱①，归唁卫侯②。
驱马悠悠③，言至于漕④。
大夫跋涉⑤，我心则忧。

　　　　　既不我嘉⑥，不能旋反⑦。
　　　　　视尔不臧⑧，我思不远⑨。
　　　　　既不我嘉，不能旋济⑩。
　　　　　视尔不臧，我思不閟⑪。

　　　　　陟彼阿丘⑫，言采其蝱⑬。
　　　　　女子善怀⑭，亦各有行⑮。
　　　　　许人尤之⑯，众稚且狂⑰。

　　　　　我行其野⑱，芃芃其麦⑲。
　　　　　控于大邦⑳，谁因谁极㉑？
　　　　　大夫君子，无我有尤㉒。
　　　　　百尔所思㉓，不如我所之㉔！

【注释】

①载：助词，无义。"载歌载舞"的"载"用法同之。

②唁（yàn）：对遭遇非常变故的人表示慰问。《毛传》："吊失国曰唁。"《说文》："唁，吊生也。从口言声。"

③悠悠：遥远。《毛传》："悠悠，远意。"

④言：助词，无义。

漕：《毛传》："漕，卫东邑。"

⑤大夫：许国赶来阻止许穆夫人去卫国的大臣。

跋涉：跋山涉水。《毛传》："草行曰跋，水行曰涉。"

⑥嘉：赞许。"嘉奖""勇气可嘉"的"嘉"犹见此义。《郑笺》："嘉，善也。言许人尽不善我归唁兄。""不我嘉"即"不嘉我"。

⑦旋：回，还。"凯旋"的"旋"犹存此义。朱熹《诗集传》："旋，回。"反：返回。

⑧视：比。

臧：善，好。《毛传》："臧，善也。"

⑨思：思虑。

远：远离。《毛传》："不能远卫也。"朱熹《诗集传》："远，犹忘也。"

⑩济：过河。"同舟共济"的"济"犹存此义。

⑪閟（bì）：止。《毛传》："閟，闭也。"朱熹《诗集传》："閟，闭也，止也，言思之不止也。"

⑫陟：登高。甲骨文作𣥂，从𨸏从步，会登山之意。

阿（ē）：大陵。《说文》："阿，大陵也。一曰曲𨸏也。从𨸏可声。""阿意奉承"即"曲意奉承"。

丘：小土山。甲骨文作𠃌，象二峰形。《毛传》："偏高曰阿丘。"

⑬言：助词，无义。

蝱（méng）：药草贝母。《毛传》："蝱，贝母也。"朱熹《诗集传》："蝱，贝母也。主疗郁结之病。"

⑭怀：思恋。

⑮行：《毛传》："行，道也。"朱熹《诗集传》："女子所以善怀者，亦各有道。"疑以当时熟语"有行"指出嫁、嫁人。

⑯许人：许国人。

尤：责怪。"怨天尤人"的"尤"犹存此义。

⑰稺（zhì）：幼稚。《说文》："稺，幼禾也。从禾犀声。"段玉裁注："今字作稚。……犀者，迟也。"

狂：狂妄。

⑱野：郊外。甲骨文作𡙉，以林土会意。小篆变形为从田从土予声。

⑲芃（péng）：草木茂盛。《说文》："芃，艸盛也。从艸凡声。"

⑳控：控诉。《说文》："控，引也。从手空声。"段玉裁注："引者，开弓也。"朱熹《诗集传》："控，持而告之也。"

邦：诸侯的封国。甲骨文作𤯍，从丰从田，以种树于田界会封地之意。

金文作 🜚 子邦父甗，从丰从土从邑，或省土。小篆承其简形。大邦此指齐国。

㉑因：依靠。"因人成事"的"因"犹存此义。

极：到，至。《毛传》："极，至也。"

㉒无：毋，不要。

㉓百：很多。"百家争鸣""百感交集""百炼成钢""百货""百般"等的"百"犹存此义。

㉔之：往。甲骨文作 🜚，以脚离开此地前行表前往、去往之意。

【简析】

首章听闻卫国发生重大变故，急匆匆赶赴回国，谁料半道被拦住。次章写因不能赴卫，内心的焦虑与不满。第三章写登山采贝母以治疗心中郁结。末章为回许国途中仍想如何救卫国：你们高谈阔论，不如让我走一趟。

第四节　思妇征夫

1. 郑风·遵大路

【题解】

拉着你的手，舍不得你走。

【诗篇】

遵大路兮①，掺执子之祛兮②！

无我恶兮③，不寁故也④！

遵大路兮，掺执子之手兮！

无我魗兮⑤，不寁好也⑥！

【注释】

①遵：沿着，顺着。《说文》："遵，循也。从辵尊声。"

②掺(shǎn)：执，握。《毛传》："掺，擥也。"

祛(qū)：衣袖。《说文》："祛，衣袂也。从衣去声。"

③无：不要。

恶：讨厌。

④趮(jié)：快速。《毛传》："趮，速也。"朱熹《诗集传》："子无恶我而不留，故旧不可以遽绝也。"

故：旧情。

⑤魗(chǒu)：抛弃。《毛传》："魗，弃也。"《说文》有："敿(敿)，弃也。从攴雩声。……《诗》云：'无我敿兮。'"孔颖达《正义》："魗与醜，古今字。"

⑥好：情好。

【简析】

两章句式与内容相似。男子离家出行，女子依依不舍，反复叮咛，多思故人，多念旧好。

2. 秦风·小戎

【题解】

你在边关为国效力，我在家乡期待你凯旋。

【诗篇】

小戎俴收①，五楘梁辀②。
游环胁驱③，阴靷鋈续④。

文茵畅毂⑤，驾我骐馵⑥。
言念君子⑦，温其如玉⑧。
在其板屋⑨，乱我心曲⑩。

四牡孔阜⑪，六辔在手⑫。
骐駵是中⑬，騧骊是骖⑭。
龙盾之合⑮，鋈以觼軜⑯。
言念君子，温其在邑⑰。
方何为期⑱？胡然我念之⑲。

俴驷孔群⑳，厹矛鋈錞㉑。
蒙伐有苑㉒，虎韔镂膺㉓。
交韔二弓㉔，竹闭绲縢㉕。
言念君子，载寝载兴㉖。
厌厌良人㉗，秩秩德音㉘。

【注释】

①戎：戎车，兵车。郑玄笺："此群臣之兵车，故曰小戎。"《说文》："戎，兵也。从戈从甲。"

俴(jiàn)：浅，薄。《毛传》："俴，浅也。"

收：车箱底部的横木。《毛传》："收，轸也。"《说文》："轸，车后横木也。从车㐱声。"段玉裁注："合舆下三面之材，与后横木而正方。故谓之轸，亦谓之收。……浑言之，四面曰轸。析言之，軝轼所尌曰軹，軝后曰轸。"孔颖达《正义》："大车前轸至后轸，其深八尺，兵车之轸四尺四寸，比之为浅，故曰俴收。收者，车前后两端横木所以收敛所载也。"

②五：通"午"，交午，交错。《毛传》："五，五束也。"

楘(mù)：皮带绑扎加固车辕。《毛传》："楘，历录也。"《说文》：

"桊，车历录束文也。从木矜声。"段玉裁注："历录者，历历录录然。"孔颖达《正义》："恐易折，以皮束之，因以为饰也。"

梁辀（zhōu）：曲辕。《毛传》："梁辀，辀上句衡也。"孔颖达《正义》："如屋之梁然，故谓之梁辀也。"

③游环：活动的环。《郑笺》："游环在背上，无常处，贯骖之外辔，以禁其出。"

胁驱：驾马用具。朱熹《诗集传》："胁驱，亦以皮为之，前系于衡之两端，后系于轸之两端，当服马胁之外，所以驱骖马，使不得内入也。"

④阴：车轼前面的横板。朱熹《诗集传》："軓在轼前而以板横侧掩之，以其阴映此軓，故谓之阴也。"

靷（yǐn）：拉车前进的皮带。《毛传》："靷，所以引也。"

鋈（wù）：白铜。

续：连续。

⑤文：花纹。甲骨文作 ，以人身上的花纹表意。"灿若文锦""文饰"等的"文"均有花纹义。

茵：垫子。《说文》："茵，车重席。从艸因声。"《毛传》："文茵，虎皮也。"

畅毂（gǔ）：长毂。《毛传》："畅毂，长毂也。"朱熹《诗集传》："大车之毂，一尺有半，兵车之毂，长三尺二寸，故兵车曰畅毂。"

⑥骐：青黑纹路相交的马。

霏（zhù）：后左脚白色的马。《说文》："霏，马后左足白也。从马，二其足。"段玉裁注："谓于足以二为记识。"

⑦言：助词，无义。"言归于好"用法同之。

念：思念，惦念。

君子：丈夫。朱熹《诗集传》："君子，妇人目其夫也。"

⑧温：温和，温润。"温文尔雅"的"温"犹存此义。

其：助词，放在形容词后，相当于"然"。

⑨板屋：用木板建造的房屋，此处代指西戎。《毛传》："西戎板屋。"

《汉书·地理志》："天水、陇西，山多林木，民以板为室屋。"

⑩心曲：内心深处，心坎。《说文》："曲，象器曲受物之形。"

⑪牡：雄马。《说文》："牡，畜父也。"

孔：很。"孔武有力"的"孔"即用此义。

阜：高壮。《说文》："阜，大陆，山无石者。象形。"段玉裁注："引申之，为凡厚、凡大、凡多之称。"

⑫辔（pèi）：缰绳。

⑬骝（liú）：赤身黑鬣黑尾巴的马。《毛传》："赤身黑鬣曰骝。"《说文》："骝，赤马黑毛尾也。"段玉裁注："毛者，髦发也。发之长者称髦。因之马鬣曰髦。"

中：拉车时处在中间的马。《毛传》："中，中服也。"

⑭騧（guā）：黑嘴的黄马。《说文》："騧，黄马，黑喙。从马呙声。"

骊（lí）：深黑色的马。《说文》："驪（骊），马深黑色。从马麗声。"

骖（cān）：拉车的四匹马在两旁的称骖，也叫騑。《毛传》："骖，两騑也。"孔颖达《正义》："车驾四马，在内两马谓之服，在外两马谓之騑。"

⑮龙盾：画龙的盾牌。

合：两只盾合挂在车上。

⑯觼（jué）：有舌的环。

軜（nà）：骖马内侧的缰绳。

⑰邑：边邑。《毛传》："在敌邑也。"

⑱方：将。

期：指归期。

⑲胡然：为什么。

⑳俴驷：披薄甲的四匹马。

孔：很。

群：调和。

㉑厹（qiú）矛：有三棱锋刃的矛。

镦（duì）：矛戟柄末端的金属套。

㉒蒙伐：蒙着虎皮的盾。"伐"通"瞂"。《毛传》："伐，中干也。"干指盾。

苑：花纹。《毛传》："苑，文貌。"

㉓虎韔（chàng）：虎皮做的弓袋。《说文》："韔，弓衣也。从韦长声。"

镂：镂刻金饰。

膺：马带。《毛传》："膺，马带也。"朱熹《诗集传》："镂膺，镂金以饰马胸带也。"一说弓袋的正面。

㉔交：交错。

闭：通"柲"，正弓器。

㉕绲（gǔn）：绳。《毛传》："绲，绳也。"

縢（téng）：缠束。《毛传》："縢，约也。"

㉖载：又。"载歌载舞"的"载"仍存此义。

寝：睡，卧。

兴：起。"夙兴夜寐"的"兴"即有此义。

㉗厌厌（yān）：安闲、安详貌。《毛传》："厌厌，安静也。"《说文》有："懕（恹），安也。从心厌声。"

良人：妻称夫也。朱熹《诗集传》："良人，夫称也。"

㉘秩秩：清明的样子。《尔雅·释训》："秩秩，清也。"

德音：好声誉。

【简析】

三章前六句回忆丈夫出征时的壮观场面，兵强马壮，武器精良；后四句表达思念之情，怀念丈夫的温润柔和，盼望其早日归来。

3. 小雅·采绿

【题解】

你不在，心不在焉。你若在，形影相随。

【诗篇】

终朝采绿①，不盈一匊②。
予髪曲局③，薄言归沐④。

终朝采蓝⑤，不盈一襜⑥。
五日为期⑦，六日不詹⑧。

之子于狩⑨，言韔其弓⑩。
之子于钓，言纶之绳⑪。

其钓维何⑫？维鲂及鱮⑬。
维鲂及鱮，薄言观者⑭。

【注释】

①朝：本指早晨。甲骨文作 𣇩，以太阳从草丛中升起，而月亮仍在，表示早晨。"终朝"犹言整天，《毛传》："自旦及食时为终朝。"

绿(lù)：通"菉"，草名，荩草，又名王刍。《郑笺》："绿，王刍也，易得之菜也。"

②盈：满。《说文》："盈，满器也。从皿、夃。"段玉裁注："秦以市买多得为夃，故从夃。"

匊(jū)：捧，握。后增"手"为"掬"。《毛传》："两手曰匊。"《说文》："匊，在手曰匊。从勹、米。"段玉裁注："米至散，两手兜之而聚。"

③局：弯曲。《毛传》："局，曲也。"

④薄言：助词，发语词。

沐：洗头发。《说文》："沐，濯发也。从水，木声。"

⑤蓝：蓼蓝。《说文》："蓝，染青艸也。从艸监声。""青出于蓝"的

"蓝"即指此草。

⑥襜(chān)：围在身前的衣物，围裙。《毛传》："衣蔽前谓之襜。"

⑦期：约定的时间。

⑧詹：至，到。

⑨于：助词。

狩：打猎。

⑩言：助词，无义。"言归于好"的"言"同此。

鬯(chàng)：弓袋。此作动词用。《说文》："鬯，弓衣也。从韦长声。"

⑪纶(lún)：钓鱼线。此作动词用。

⑫维：助词。帮助判断。

⑬鲂(fáng)：鳊鱼。

鱮(xù)：鲢鱼。

⑭观：多。《郑笺》："观，多也。"段玉裁《说文解字注》："此亦引申之义。物多而后可观，故曰观，多也。"

【简析】

前两章写女主人公边采摘边惦念着远方之人。"不盈一匊""不盈一襜"工作效率何以如此之低？"予发曲局"何以多日未梳洗头发？"五日为期，六日不詹"即道明了缘故。第三章虚写，丈夫渔猎，妻子相随。第四章承上一章，以鱼获之多赞丈夫富有魅力。

4. 卫风·有狐

【题解】

远方的人，是否缺衣受冻？

【诗篇】

> 有狐绥绥①，在彼淇梁②。
> 心之忧矣，之子无裳③。
>
> 有狐绥绥，在彼淇厉④。
> 心之忧矣，之子无带⑤。
>
> 有狐绥绥，在彼淇侧⑥。
> 心之忧矣，之子无服⑦。

【注释】

①有：助词。放在名词、形容词、动词前，无义。

绥绥（suí）：通"夊夊"，舒缓的样子。《玉篇》："夊，行迟貌。《诗》云：'雄狐夊夊。'今作'绥'。"

②淇：水名。

梁：堤坝，水中筑的坝。《毛传》："石绝水曰梁。"《说文》："梁，水桥也。从木从水，刅声。"段玉裁注："《毛传》：'石绝水曰梁。'谓所以偃塞取鱼者。亦取亘于水中之义谓之梁。"

③裳：下衣。《说文》："裳，下裙也。从巾尚声。"

④厉：水滩，可涉过之处。《邶风·匏有苦叶》有"深则厉"，谓不脱衣服涉水。

⑤带：衣带。《说文》："带，绅也。男子鞶带，妇人带丝。象系佩之形。佩必有巾，从巾。"

⑥侧：旁，边。《说文》："侧，旁也。从人则声。"

⑦服：衣服。

【简析】

三章大体相似，看到独自缓行的狐狸，惦念远方丈夫的冷暖。

5. 卫风·伯兮

【题解】

你不在，妆容再精致给谁看？相思成疾，解药何在？

【诗篇】

伯兮朅兮①，邦之桀兮②。
伯也执殳③，为王前驱④。

自伯之东⑤，首如飞蓬⑥。
岂无膏沐⑦？谁适为容⑧！

其雨其雨⑨，杲杲出日⑩。
愿言思伯⑪，甘心首疾⑫。

焉得谖草⑬？言树之背⑭。
愿言思伯，使我心痗⑮。

【注释】

①伯：本指兄弟姐妹中排行最大的。引申作女子对丈夫的尊称。
朅（qiè）：健壮威武。《毛传》："朅，武壮貌。"
②邦：国。甲骨文作𤿎，是植树于田表疆域之意。王国维认为古"邦"

"封"一字，"封"的甲骨文作 ![字], 为植树于土。古人常于边界种树以为标记。"邦"金文作 ![字] 子邦父甗，增义符"邑"，部件"田"改作"土"。

桀：才智过人。《毛传》："桀，特立也。"此义后世作"傑"，《玉篇》："傑，英傑。"

③殳（shū）：以竹或木制成的顶端有棱的一种兵器。《毛传》："殳长丈二而无刃。"

④前驱：前导，先锋。

⑤之：去往。甲骨文作 ![字]，以脚离开此地表前往之意。

⑥蓬：蓬蒿，蓬草。《说文》："蓬，蒿也。从艸逢声。"

⑦膏：润发油脂。《韵会》："凝者曰脂，泽者曰膏。"从肉高声，本指油脂，引申泛指糊状物，如"唇膏""牙膏""雪花膏"等。

沐：洗头发。《说文》："沐，濯发也。从水木声。""栉风沐雨""沐浴"等的"沐"即用此义。

⑧适（dí）：悦。《三苍》："适，悦也。"

⑨其：助词，表祈求。朱熹《诗集传》："其者，冀其将然之辞。"

⑩杲杲（gǎo）：明亮的样子。《说文》："杲，明也。从日在木上。"

⑪愿：每，每每。《毛传》："願（愿），每也。"

⑫首疾：头痛。

⑬谖（xuān）草：萱草，忘忧草，可食用者今称之为黄花菜、金针菜。《毛传》："谖，忘也。"段玉裁《说文解字注》："此'谖'盖'蕿'之假借。'蕿'本令人忘忧之艸，引申之凡忘皆曰'蕿'。"

⑭言：助词，放在动词前，无实义。

树：种植。"十年树木，百年树人"的"树"犹可见此义。

背：屋子北边。

⑮瘏（mèi）：病。

【简析】

首章写一想起伟岸英勇的丈夫就倍感骄傲。次章写自从丈夫从军，就再没有修饰容颜。第三、四章写丈夫久征未归，妻子忧思成疾。

6. 王风·君子于役

【题解】

一天天的希望变为失望，期盼逐渐变为祝愿。

【诗篇】

君子于役①，不知其期②，曷至哉③？

鸡栖于埘④，日之夕矣⑤，羊牛下来。

君子于役，如之何勿思！

君子于役，不日不月⑥，曷其有佸⑦？

鸡栖于桀⑧，日之夕矣，羊牛下括⑨。

君子于役，苟无饥渴⑩！

【注释】

①君子：《诗经》中妻称丈夫多用"君子"。

于：助词，无义。《毛传》："于，往也。"

役：服役。《说文》："役，戍边也。从殳从彳。伇，古文役从人。"

②期：期限。

③曷：何，何时。《说文》："曷，何也。从曰匃声。"

至：回家。

④栖：歇息。

埘：凿墙做成的鸡窝，从土时声。《毛传》："凿墙而棲曰埘。"《说文》："埘，鸡棲垣为埘。"

⑤夕：日落，黄昏。《说文》："夕，莫也。从月半见。"

⑥不日不月：不计日月，没有期限。

⑦佸（huó）：相会。《说文》："佸（佸），会也。从人昏声。"

⑧桀：橛，杙（yì），小木桩。

⑨括（kuò）：汇集，会聚。《说文》："捪（括），絜也。从手昏声。"段玉裁注："捪为凡物总会之称。"

⑩苟：尚，或许。朱熹《诗集传》："亦庶几其免于饥渴而已矣。""苟且""苟延残喘"的"苟"犹用姑且、暂且义。

【简析】

两章大体相似。写女主人公不知丈夫归期，天天村口远望，直到夕阳西下，牛羊归圈，鸡也归巢，一切归于宁静温馨。此情此景，对远方丈夫的思念愈加强烈。期待一次次地落空后，盼望转为祝愿，希望他在外边不会忍饥受渴。

7. 小雅·杕杜

【题解】

归期已过，为何还不回家？

【诗篇】

有杕之杜①，有睆其实②。

王事靡盬③，继嗣我日④。

日月阳止⑤，女心伤止，征夫遑止⑥。

有杕之杜，其叶萋萋⑦。

王事靡盬，我心伤悲。

卉木萋止，女心悲止，征夫归止！

陟彼北山^⑧，言采其杞^⑨。

王事靡盬，忧我父母。

檀车幝幝^⑩，四牡痯痯^⑪，征夫不远！

匪载匪来^⑫，忧心孔疚^⑬。

期逝不至^⑭，而多为恤^⑮。

卜筮偕止^⑯，会言近止^⑰，征夫迩止^⑱。

【注释】

①有：助词，无义。

杕（dì）：树木独立特出的样子。《毛传》："杕，特貌。"

杜：杜梨，棠梨。《说文》："杜，甘棠也。从木土声。"

②有：助词，无义。

睆（huǎn）：浑圆。

实：果实。

③靡：没有。"靡不有初，鲜克有终"的"靡"即用此义。

盬（gǔ）：止息。

④嗣（sì）：接续，延长。《说文》："嗣，诸侯嗣国也。从册从口，司声。"

⑤阳：农历十月。在民间有"十月小阳春"的说法。《毛传》："阳，历阳月也。"《郑笺》："十月为阳。"

止：句末语气词。

⑥遑：闲暇。《毛传》："遑，暇也。"

⑦萋萋：草茂盛的样子。《说文》："萋，艸盛。从艸妻声。"

⑧陟（zhì）：登。甲骨文作，从阜从步，以两脚向上登山会意。

⑨言：助词，无义。"言归于好"的"言"用法同之。

杞：枸杞。《说文》："杞，枸杞也。从木己声。"

⑩檀车：檀木做的车。此指役车、兵车。

嘽嘽（chǎn）：破旧的样子。《毛传》："嘽嘽，敝貌。"

⑪牡：公马。《说文》："牡，畜父也。从牛土声。"

痯痯（guǎn）：疲惫无精打采的样子。《毛传》："痯痯，罢貌。"

⑫匪：非。"受益匪浅"的"匪"即用此义。

载：装载。

⑬孔：很。"孔武有力"的"孔"即用此义。

疚：愁痛。《毛传》："疚，病也。"

⑭期：规定的时间，期限。

逝：过。《说文》："逝，往也。从辵折声。"

⑮恤（xù）：忧虑。《说文》："恤，忧也。收也。从心血声。"

⑯卜：用龟甲占卜。"卜"甲骨文作，象火烧龟甲后出现的裂纹。

筮：用蓍草占卦。《毛传》："龟曰卜，蓍曰筮。"《说文》："筮，《易》卦用蓍也。"

偕：合。

⑰会：相聚。

言：助词，无义。

⑱迩：近。"闻名遐迩"的"迩"即用此义。《说文》："邇，近也。从辵爾声。迩，古文邇。"

【简析】

第一、二章内容大体相似，写丈夫延期未归，女主人公盼望夫妻团聚。第三章写登山远望，想象久役的丈夫一定很疲惫，也该回家休整了吧。第四章写一次次地失望，忧思成疾，求卜问筮，说丈夫就快回来了。

8. 召南·草虫

【题解】

出门在外的人啊，思念随你到远方，想你想断肠。

【诗篇】

喓喓草虫^①，趯趯阜螽^②。
未见君子，忧心忡忡^③。
亦既见止^④，亦既觏止^⑤，我心则降^⑥。

陟彼南山^⑦，言采其蕨^⑧。
未见君子，忧心惙惙^⑨。
亦既见止，亦既觏止，我心则说^⑩。

陟彼南山，言采其薇^⑪。
未见君子，我心伤悲。
亦既见止，亦既觏止，我心则夷^⑫。

【注释】

①喓喓(yāo)：虫鸣声。
草虫：草螽，俗称蝈蝈、织布娘。
②趯趯(tì)：跳跃的样子。《说文》："趯，踊也。从走翟声。"
阜螽(zhōng)：蚱蜢。《毛传》："阜螽，蠜也。"
③忡忡(chōng)：忧虑的样子。《说文》："忡，忧也。从心中声。"
④既：已经。甲骨文作 𣎴，以人吃完转头离开表示已经、完成之意。
止：语尾助词。"高山仰止""景行行止"的"止"用法同之。

⑤觏(gòu)：遇见，会聚。《说文》："觏，遇见也。从见冓声。"

⑥降：放下。《毛传》："降，下也。"

⑦陟(zhì)：登。《说文》："陟，登也。从𨸏从步。"

⑧言：助词，无义。"言归于好"的"言"用法同之。

蕨(jué)：蕨菜。郭璞《尔雅注》："初生无叶，可食。"

⑨惙惙(chuò)：忧虑不安的样子。《说文》："惙，忧也。从心叕声。"

⑩说：喜悦。《说文》："说，说释也。从言兑。一曰谈说。"段玉裁注："'说释'即'悦怿'。'说''悦'、'释''怿'皆古今字。许书无悦怿二字也。说释者，开解之意，故为喜悦。"

⑪薇：野豌豆。

⑫夷：平，平静。"夷为平地"的"夷"犹见此义。

【简析】

三章前半部分写实，反复吟唱长久未见的愁思，后半部分想象相会的欢愉。

9. 召南·殷其雷

【题解】

祈盼夫君早日归来。

【诗篇】

殷其雷①，在南山之阳②。

何斯违斯③，莫敢或遑④?

振振君子⑤，归哉归哉！

　　　　殷其雷，在南山之侧⑥。

　　　　何斯违斯，莫敢遑息⑦？

　　　　振振君子，归哉归哉！

　　　　殷其雷，在南山之下。

　　　　何斯违斯，莫或遑处⑧？

　　　　振振君子，归哉归哉！

【注释】

①殷(yǐn)：雷声。《毛传》："殷，雷声也。"

其：助词，相当于"然"。

②阳：山的南面或水的北面。衡阳在衡山之南，汉阳古本在汉水之北，河流改道而地名相沿成习未改。

③何：疑问词。

斯：指示代词，前代时间，后代地点。《毛传》："斯，此也。"

违：离开。《毛传》："违，去也。"

④或：稍微。"不可或缺"的"或"犹见此义。

遑：闲暇。《毛传》："遑，暇也。""不遑"即没空、来不及。

⑤振振：美盛奋发貌。一说仁厚貌。《毛传》："振振，信厚也。"

⑥侧：旁。

⑦息：停息。

⑧处：止息。《说文》："处(处)，止也。得几而止。从几从夂。"

【简析】

　　三章稍改数字，形式与内容基本相同，写丈夫忠于职守，勤勉有为，期盼他早日归来。

10. 邶风·雄雉

【题解】

丈夫久役不归，思妇怀想不已。

【诗篇】

雄雉于飞①，泄泄其羽②。
我之怀矣③，自诒伊阻④。

雄雉于飞，下上其音⑤。
展矣君子⑥，实劳我心⑦。

瞻彼日月⑧，悠悠我思⑨。
道之云远⑩，曷云能来⑪？

百尔君子⑫，不知德行⑬。
不忮不求⑭，何用不臧⑮？

【注释】

①雉：野鸡。

于：助词，放于动词前，无义。"之子于归""凤凰于飞"的"于"用法同之。

②泄泄(yì)：振动翅膀的样子。《毛传》："雄雉见雌雉，飞而鼓其翼泄泄然。"

③怀：思念，怀念。

④诒：给。《毛传》："诒，遗。"

伊：此，这。

阻：困难，忧虑。《毛传》："阻，难。"

⑤音：鸣叫声。

⑥展：舒展。一曰诚实，《毛传》："展，诚也。"

⑦劳：忧愁。

⑧瞻：仰望。

⑨悠悠：忧思不断的样子。《毛传》："悠悠，忧也。"《说文》："悠，忧也。从心攸声。"

⑩云：助词，无义，句首、句中、句末均见。下句同。《邶风·简兮》"云谁之思"、《周南·卷耳》"云何吁矣"的"云"用法同之。

⑪曷：何时。《说文》："曷，何也。从曰匃声。"

⑫百：所有，一切。"百姓""百货""百事"等的"百"犹见此义。

尔：你们。

君子：有一定职位的人。

⑬德行：道德品行。

⑭忮（zhì）：害。《毛传》："忮，害。"

求：贪求。

⑮何用：何以，为什么。

臧：善，好。《毛传》："臧，善也。"

【简析】

第一、第二章写雄雉欢快地飞，自在地叫，勾起女主人公对远役丈夫的思念。第三章写岁月漫长，路途遥远，不知丈夫归期。第四章批评造成夫妻分离的贵族们。

11. 周南·汝坟

【题解】

什么时候才能回来和我共担风雨？

【诗篇】

遵彼汝坟①，伐其条枚②。

未见君子，惄如调饥③。

遵彼汝坟，伐其条肄④。

既见君子，不我遐弃⑤。

鲂鱼赪尾⑥，王室如燬⑦。

虽则如燬，父母孔迩⑧。

【注释】

①遵：沿着，顺着。《说文》："遵，循也。从辵尊声。"

汝：河流名，汝水。

坟：大堤。《毛传》："墳（坟），大防也。"《说文》有："濆，水厓也。从水贲声。"与"墳（坟）"意义有一定关联。

②伐：砍伐。

条：长枝。《说文》："條（条），小枝也。从木攸声。"

枚：树干。《毛传》："枝曰條（条），榦（干）曰枚。"《说文》："枝（枚），榦（干）也，可为杖。从木从支。"

③惄（nì）：忧思。

调（zhōu）：朝，早晨。《毛传》："调，朝也。"

饥：饿。《说文》："飢（饥），饿也。从食，几声。"《说文》另有："饑，谷不孰为饑。从食幾声。""飢""饑"本为两字，然使用中多有通用或错乱，汉字简化时合为"饥"。

④肄（yì）：砍后再生的小枝。《毛传》："肄，余也。斩而复生曰肄。"

⑤遐：远。《说文》："遐，远也。从辵叚声。""闻名遐迩""遐想"等的"遐"犹可见其本义。

⑥鲂(fáng)：鳊鱼。《说文》："鳊，鲂或从旁。"

赪(chēng)：浅红色。《毛传》："赪，赤也。鱼劳则尾赤。"

⑦燬(huǐ)：火。《毛传》："燬，火也。"

⑧孔：很。"孔武有力"的"孔"即用此义。

迩：近。《说文》："邇(迩)，近也。从辵爾声。"

【简析】

首章写妇女堤上砍樵，孤苦无依，忍饥挨饿，思念丈夫。次章写丈夫终于归来，女子欣喜不已。末章写事急如火，丈夫仍得远役，绝望质问难道连家里父母都不顾了吗。

12. 周南·卷耳

【题解】

一种相思，两处离愁，此情无计可消除。

【诗篇】

采采卷耳①，不盈顷筐②。

嗟我怀人③，寘彼周行④。

陟彼崔嵬⑤，我马虺隤⑥。

我姑酌彼金罍⑦，维以不永怀⑧。

陟彼高冈⑨，我马玄黄⑩。

我姑酌彼兕觥⑪，维以不永伤⑫。

陟彼砠矣⑬，我马瘏矣⑭。

我仆痡矣⑮，云何吁矣⑯！

【注释】

①采采：采摘。《毛传》："采采，事采之也。"一说茂盛。《秦风·蒹葭》"蒹葭采采"，《毛传》："采采，犹萋萋也。"

卷耳：植物，嫩叶可食用。《毛传》："卷耳，苓耳也。"

②盈：满。《说文》："盈，满器也。从皿、夃。"

顷：斜。"顷筐"即斜口的筐。《毛传》："顷筐，畚属，易盈之器也。"

③嗟：助词。

怀：想念，思念。

④寘(zhì)：搁放。《毛传》："寘，置。"

周行(háng)：大道。

⑤陟：登。甲骨文作 𦥔，从𨸏从步，以双足以下而上登山会意。

崔嵬(wéi)：有石的土山。《毛传》："崔嵬，土山之戴石者。"

⑥虺隤(huī tuí)：疲病。《毛传》："虺隤，病也。"

⑦姑：姑且。《毛传》："姑，且也。"

酌：斟酒。《说文》："酌，盛酒行觞也。"

罍(léi)：盛酒器。《说文》："櫑，龟目酒尊，刻木作云雷象，象施不穷也。从木，晶声。罍，櫑或从缶。"

⑧维：发语词。

永：长久。《说文》："永，水长也。象水坙理之长。"

⑨冈：山脊。《毛传》："山脊曰冈。"《说文》："岡(冈)，山骨也。从山，网声。"

⑩玄黄：病色。陈奂《诗毛氏传疏》："黄本马之正色，黄而玄为马之病色。"

⑪兕(sì)：犀牛一类的动物。《说文》："兕，如野牛而青，象形。"

觥(gōng)：酒器。《毛传》："觥，角爵也。"

⑫伤：忧思。

⑬砠(jū)：覆有泥土的石山。《毛传》："石山戴土曰砠。"

⑭瘏（tú）：劳累而病。《毛传》："瘏，病也。"

⑮痡（pū）：疲劳而病。

⑯云：助词，无实义。

何：如何。

吁（xū）：忧叹。"长吁短叹"的"吁"即有叹息义。

【简析】

首章写妻子劳作时怀念远方的丈夫，采摘了半天卷耳却"不盈顷筐"反映了思念之甚。后三章写丈夫思归。第二、第三章句式结构及内容相似，用复沓的形式营造了浓郁的抒情氛围，"我姑酌彼金罍""我姑酌彼兕觥"，以酒浇愁，希望能暂时忘却愁思。末章形式与第二、第三章差别甚大，表述直接，以叹息收束全诗。

13. 邶风·击鼓

【题解】

久征不还，难相厮守。

【诗篇】

击鼓其镗①，踊跃用兵②。

土国城漕③，我独南行。

从孙子仲④，平陈与宋⑤。

不我以归⑥，忧心有忡⑦。

爰居爰处⑧？爰丧其马⑨？

于以求之⑩？于林之下。

死生契阔[11]，与子成说[12]。
执子之手[13]，与子偕老。

于嗟阔兮[14]，不我活兮[15]。
于嗟洵兮[16]，不我信兮[17]。

【注释】

①其：助词，放在形容词前。《邶风·静女》“静女其娈”、《邶风·北风》“北风其凉”的“其”同之。

镗：镗然。《毛传》：“镗然，击鼓声也。”

②踊跃：跳跃。《说文》：“踊，跳也。从足甬声。”

兵：兵械。甲骨文作，以双手持斤会意。

③土：挖土。

国：国都。

城：筑城。

漕：漕邑，地名。

④从：跟随。甲骨文作、，以前后相从的两个人会意。

孙子仲：将领名。

⑤平：平定。

陈、宋：诸侯国名。

⑥不我以归：不让我回。

⑦有：助词，无实义，放在单音节形容词前。

忡（chōng）：忧愁。《说文》：“忡，忧也。从心中声。”

⑧爰（yuán）：何。与后文“于以”同。

居：停留。《说文》：“凥，處也。从尸得几而止。”段玉裁注：“又以蹲居之字代凥，别制踞为蹲居字，乃致居行而凥废矣。”

处：止息。《说文》：“処（处），止也。得几而止。从几从夂。處，処或从虍声。”

⑨丧：丢失。

⑩于以：于何。

⑪契：合，聚。

阔：离，散。

⑫成说：结誓、定约。

⑬执：握。

⑭于嗟："吁嗟"，叹词。

阔：远。

⑮活："佸"，聚会。《说文》："佸(佸)，会也。从人昏声。"

⑯洵：久。

⑰信：守约。

【简析】

前三章写东奔西走、颠沛流离的征战生活。后两章写回忆起当初长相厮守的誓言，感慨不能守约。"执子之手，与子偕老"后世成为男女间海誓山盟时的常用语，表示希望与对方相知相守一辈子。

14. 王风·扬之水

【题解】

久戍不归，思念妻子。

【诗篇】

扬之水①，不流束薪②。

彼其之子③，不与我戍申④。

怀哉怀哉⑤，曷月予还归哉⑥？

扬之水，不流束楚⑦。

彼其之子，不与我戍甫⑧。

怀哉怀哉，曷月予还归哉？

扬之水，不流束蒲⑨。

彼其之子，不与我戍许⑩。

怀哉怀哉，曷月予还归哉？

【注释】

①扬：激扬。《毛传》："扬，激扬也。"一说悠扬。《诗集传》："扬，悠扬，水缓流之貌。"

②流：流动。

束：捆束。

薪：柴薪。

③彼：代词，与己对称。

其（jì）：助词，用于代词"彼"后。

之子：这个人。

④戍：戍守。甲骨文作 ，以人扛戈会意。

申：姜姓诸侯国。申为周平王母亲的故国。

⑤怀：怀念。《诗集传》："怀，思。"

⑥曷：何。

予：我。

还：返回。"衣锦还乡"的"还"即用此义。

⑦楚：荆条。《说文》："楚，丛木。一名荆也。从林疋声。"

⑧甫：姜姓诸侯国。

⑨蒲（pú）：蒲柳，水杨。

⑩许：姜姓诸侯国。

【简析】

三章格式、内容基本相同。以水冲不动柴薪起兴，表现沉重的心情。后两句写远离妻子，远戍他乡。结尾以问句的形式直接表达了回家的渴望。

15. 桧风·匪风

【题解】

把悲伤留给自己，捎信回家，我在他乡挺好的。

【诗篇】

匪风发兮①，匪车偈兮②。
顾瞻周道③，中心怛兮④。

匪风飘兮⑤，匪车嘌兮⑥。
顾瞻周道，中心吊兮⑦。

谁能亨鱼⑧？溉之釜鬵⑨。
谁将西归⑩？怀之好音⑪。

【注释】

①匪：通"彼"，那。
发：发发，风疾吹声。《毛传》："发发，疾貌。"
②偈(jié)：疾驱，疾驰。
③顾：回头看。《说文》："顧(顾)，还视也。从页雇声。"
瞻：往前看。《毛传》："瞻，视也。"

周道：大道。"周道""周行"皆谓大道、大路。

④中心：心中。

怛（dá）：忧伤。《毛传》："怛，伤也。"

⑤飘：旋风。《毛传》："回风为飘。"

⑥嘌（piāo）：疾速。《说文》："嘌，疾也。从口，票声。"

⑦吊：哀伤。《毛传》："吊，伤也。"

⑧亨：烹煮。《广韵》："亨，煮也。俗作'烹'。"

⑨溉：洗。《毛传》："溉，涤也。"段玉裁《说文解字注》："今本作溉者，非。"

釜（fǔ）：锅。"破釜沉舟""釜底抽薪"的"釜"即用此义。

鬵（xín）：大锅。《毛传》："鬵，釜属。"《说文》："鬵，大釜也。"

⑩归：返回。

⑪怀："馈"，送给。

好音：安好的音信。

【简析】

前两章句式、内容基本相似，写风呼呼地刮着，车飞快地跑着，路旁的异乡人忧伤着。末章句式改变，语意亦转，写希望有人捎信，告知家人自己一切安好。

第五节　归家重逢

1. 郑风·风雨

【题解】

久别的凄苦，重逢的欢欣。

【诗篇】

风雨凄凄①，鸡鸣喈喈②。

既见君子，云胡不夷③？

风雨潇潇④，鸡鸣胶胶⑤。

既见君子，云胡不瘳⑥？

风雨如晦⑦，鸡鸣不已⑧。

既见君子，云胡不喜⑨？

【注释】

①凄凄：寒凉。《毛传》："风且雨，凄凄然。"《说文》："淒（凄），云雨起也。从水妻声。"

②喈喈(jiē)：禽鸟鸣声。

③云：助词。与《鄘风·桑中》《邶风·简兮》"云谁之思"的"云"同。

胡：疑问词，为何，为什么。

夷：平，愉悦。《毛传》："夷，说(悦)也。"

④潇潇：风雨急骤的样子。《毛传》："潇潇，暴疾也。"

⑤胶胶："膠膠(胶胶)"通"嘐嘐"，鸡鸣声。《毛传》："胶胶，犹喈喈也。"

⑥瘳(chōu)：病愈。《说文》："瘳，疾愈也。从疒翏声。"

⑦晦：昏暗。《毛传》："晦，昏也。"

⑧已：停止。《毛传》："已，止也。""死而后已""不能自已"等的"已"即用此义。

⑨喜：快乐。《说文》："喜，乐也。从壴从口。"段玉裁注："闻乐则笑，故从壴从口会意。"

【简析】

　　三章前两句写凄风苦雨，鸡声四起，夜不能寐。后两句写重逢的
欢欣。

2. 豳风·东山

【题解】

　　雾蒙蒙的细雨是我的思念，怎么也难忘记你甜美的笑颜。

【诗篇】

> 我徂东山①，慆慆不归②。
> 我来自东，零雨其濛③。
> 我东曰归，我心西悲。
> 制彼裳衣④，勿士行枚⑤。
> 蜎蜎者蠋⑥，烝在桑野⑦。
> 敦彼独宿⑧，亦在车下。
>
> 我徂东山，慆慆不归。
> 我来自东，零雨其濛。
> 果臝之实⑨，亦施于宇⑩。
> 伊威在室⑪，蟏蛸在户⑫。
> 町畽鹿场⑬，熠耀宵行⑭。
> 不可畏也，伊可怀也⑮。
>
> 我徂东山，慆慆不归。

我来自东，零雨其濛。
鹳鸣于垤⑯，妇叹于室。
洒扫穹窒⑰，我征聿至⑱。
有敦瓜苦⑲，烝在栗薪⑳。
自我不见，于今三年。

我徂东山，慆慆不归。
我来自东，零雨其濛。
仓庚于飞㉑，熠燿其羽。
之子于归㉒，皇驳其马㉓。
亲结其缡㉔，九十其仪㉕。
其新孔嘉㉖，其旧如之何㉗？

【注释】

①徂(cú)：往。

东山：山名，在今山东境内。

②慆慆(tāo)：久。《毛传》："慆慆，言久也。"

③零：落。《毛传》："零，落也。""感谢涕零"的"零"即用此义。

其：助词，放在单音节形容词前。

濛：细雨的样子。《毛传》："濛，雨貌。"《说文》："濛，微雨也。从水蒙声。"

④裳衣：衣服。《毛传》："上曰衣，下曰裳。"

⑤勿：不要。

士：从事。《毛传》："士，事。"

行枚：行军时衔竹棍在口中。

⑥蜎蜎(yuān)：虫蠕动的样子。《毛传》："蜎蜎，蠋貌。"

蠋(zhú)：野蚕。《毛传》："蠋，桑虫也。"

⑦烝：久。《毛传》："烝，窴也。"《郑笺》："蠋，蜎蜎然特行，久处桑野，有似劳苦者。古者声窴、填、塵同也。"

⑧敦(duī)彼：蜷缩成团的样子。《诗集传》："敦，独处不移之貌。"

⑨果臝(luǒ)：瓜萎，蔓生植物。

实：瓜，果实。

⑩施(yì)：蔓延。

宇：屋檐。《说文》："宇，屋边也。从宀于声。"

⑪伊威：虫名，地鳖虫。

室：房间。段玉裁《说文解字注》："古者前堂后室。……室屋皆从至，所止也。室屋者，人所至而止也。"

⑫蟏(xiāo)蛸(shāo)：蟏子，一种身小足长的蜘蛛。

户：门。甲骨文作𦥑，象单扇的门。《说文》："户，半门曰户。象形。"

⑬町(tǐng)畽(tuǎn)：田舍旁的空地。《说文》："町，田践处曰町。"

⑭熠(yì)耀：明亮。《说文》："熠，盛光也。从火习声。"

宵行：萤火虫。

⑮怀：想念。

⑯鹳(guàn)：水鸟名。

垤(dié)：小土堆。

⑰穹窒：将空隙堵塞。郑玄笺："穹，穷。窒，塞也。"

⑱聿(yù)：助词。此有将要义。

⑲有：助词，放在单音节形容词前。

敦(tuán)：团。《毛传》："敦，犹専専也。"

瓜苦：苦瓜。《毛传》："言有心苦，事又苦也。"

⑳栗薪：木柴。郑玄笺："栗，析也。"

㉑仓庚：黄莺。

于：助词。

㉒之子：这个人。

于：助词。

归：出嫁。《诗集传》："妇人谓嫁曰归。"

㉓皇：黄白色。《毛传》："黄白曰皇。"孔颖达疏："黄白曰皇，谓马有黄处有白处。"

驳：红白色。《毛传》："骊白曰驳。"孔颖达疏："骊白曰驳，谓马色有骊处有白处。"

㉔亲：女方的母亲。

缡(lí)：出嫁时系的佩巾。母亲为女儿结缡为古代婚仪。

㉕九十：形容繁多。

仪：仪式。

㉖新：新婚。

孔：很。"孔武有力"的"孔"即用此义。

嘉：美好。《说文》："嘉，美也。从壴加声。""嘉宾"的"嘉"即用此义。

㉗旧：久。《毛传》："言久长之道也。"

【简析】

四章开头均写蒙蒙细雨中踏上归途，后半部分内容则有变化：第一章回想了征战的艰辛，第二章推想家园的荒芜，第三章猜想妻子一定盼望早归，第四章回忆当年新婚的甜蜜。

第三章　失恋失婚

第一节　失恋

1. 郑风·狡童

【题解】

不理不睬，让人寝食难安。

【诗篇】

彼狡童兮^①，不与我言兮。
维子之故，使我不能餐兮^②。

彼狡童兮，不与我食兮。
维子之故，使我不能息兮^③。

【注释】

①狡：狡猾。一说壮健。
②餐：吃。
③息：休息。

【简析】

不和我说话，不跟我一起吃饭，你是不是变心了？都是因为你，让人食不甘味、寝不安席。"童"犹今之"小子"，女子用来骂负心人。

2. 召南·江有汜

【题解】

移情别恋，将来你会后悔。

【诗篇】

江有汜①，之子归②，不我以③。
不我以，其后也悔。

江有渚④，之子归，不我与⑤。
不我与，其后也处⑥。

江有沱⑦，之子归，不我过⑧。
不我过，其啸也歌⑨。

【注释】

①江：长江。

汜(sì)：由主流分出又汇合进主流的水。《说文》："汜，水别复入水也。从水巳声。"

②之子：这个人。

归：古代谓女子出嫁为归。

③以：与，与……一起。《郑笺》："以，犹与也。"

④渚(zhǔ)：水中的小块陆地。《毛传》："渚，小洲也。水岐成渚。"

⑤与：和……在一起。

⑥处：停止。《毛传》："处，止也。"

⑦沱(tuó)：长江支流。《毛传》："沱，江之别者。"一曰水湾。

⑧过：至，来访，探望。"过访"的"过"尚存此义。

⑨啸：撮口作声。《郑笺》："啸，蹙口而出声。"《说文》："啸，吹声
也。从口肃声。"

歌：拖长声音唱。啸歌，此有悲伤号哭义。

【简析】

三章句式相同，内容相似。前半部分写男子薄情背弃自己，后半部分
预言男子会后悔伤悲。

第二节　失婚

1. 小雅·我行其野

【题解】

但见新人笑，哪闻旧人哭？

【诗篇】

> 我行其野①，蔽芾其樗②。
> 昏姻之故③，言就尔居④。
> 尔不我畜⑤，复我邦家⑥。
>
> 我行其野，言采其蓫⑦。
> 昏姻之故，言就尔宿⑧。
> 尔不我畜，言归斯复⑨。
>
> 我行其野，言采其葍⑩。
> 不思旧姻，求尔新特⑪。

$$成不以富^{⑫}，亦祗以异^{⑬}。$$

【注释】

①野：郊外。《说文》："野，郊外也。从里予声。""邑外谓之郊，郊外谓之野。"

②蔽芾(fèi)：枝叶茂盛的样子。

樗(chū)：臭椿树。《毛传》："樗，恶木也。"《庄子·逍遥游》："其大本擁肿而不中绳墨，其小枝卷曲而不中规矩。"

③昏姻：即婚姻，男女嫁娶。《白虎通》："婚者，昏时行礼，故曰婚。姻者，妇人因夫而成，故曰姻。"

④言：助词，无实义。

就：往，到。"就位""就学""就医""就寝"等的"就"尚存此义。

⑤畜(xù)：养。《毛传》："畜，养也。"

⑥复：返回。《毛传》："复，反也。"《说文》："复，行故道也。"又："复，往来也。""復"为后起累增字，"復"行而"复"废，汉字简化时用"复"。

邦家：国家，家乡。

⑦蓫(zhú)：羊蹄菜。《毛传》："蓫，恶菜也。"

⑧宿：住宿。

⑨言、斯：助词。

归、复：回。

⑩葍(fú)：多年生蔓草，根白色，可蒸食。《毛传》："葍，恶菜也。"

⑪特：配偶。

⑫成：诚，诚然，确实。

⑬祗(zhǐ)：只，仅。

异：异心。

【简析】

前两章内容与形式相似，写女主人公遭遇婚变，独自返回娘家。末章写女主人公心绪难平，控诉丈夫见异思迁。

2. 卫风·氓

【题解】

忘了吧，曾经的山盟海誓；算了吧，往事不堪回首。

【诗篇】

氓之蚩蚩①，抱布贸丝②。

匪来贸丝③，来即我谋④。

送子涉淇⑤，至于顿丘⑥。

匪我愆期⑦，子无良媒⑧。

将子无怒⑨，秋以为期⑩。

乘彼垝垣⑪，以望复关⑫。

不见复关，泣涕涟涟⑬。

既见复关，载笑载言⑭。

尔卜尔筮⑮，体无咎言⑯。

以尔车来，以我贿迁⑰。

桑之未落，其叶沃若⑱。

于嗟鸠兮⑲，无食桑葚⑳。

于嗟女兮，无与士耽㉑。

士之耽兮，犹可说也㉒。
女之耽兮，不可说也。

桑之落矣，其黄而陨㉓。
自我徂尔㉔，三岁食贫㉕。
淇水汤汤㉖，渐车帷裳㉗。
女也不爽㉘，士贰其行㉙。
士也罔极㉚，二三其德㉛。

三岁为妇㉜，靡室劳矣㉝。
夙兴夜寐㉞，靡有朝矣。
言既遂矣㉟，至于暴矣㊱。
兄弟不知，咥其笑矣㊲。
静言思之㊳，躬自悼矣㊴。

及尔偕老㊵，老使我怨。
淇则有岸，隰则有泮㊶。
总角之宴㊷，言笑晏晏㊸。
信誓旦旦㊹，不思其反㊺。
反是不思，亦已焉哉㊻！

【注释】

①氓(méng)：民。《说文》："氓，民也。从民亡声。"段玉裁注："盖自他归往之民则谓之氓，故字从民亡。"
蚩蚩(chī)：憨厚的样子。《毛传》："蚩蚩者，敦厚之貌。"
②布：充当交易物的布匹。《毛传》："布，币也。"《说文解字注》："笺云：'币者，所以贸买物也。'此币为凡货之称，布帛金钱皆是也。"

贸：交易。《毛传》："贸，买也。"《说文》："贸，易财也。从贝卯声。"

③匪：非，不是。"匪夷所思"的"匪"即用此义。

④即：靠近。甲骨文作𝌆，以人靠近食器会意。"若即若离"的"即"即用此义。

谋：商议。《说文》："谋，虑难曰谋。从言某声。"

⑤涉：渡水。"跋山涉水"的"涉"犹存此义。

淇：河流名。

⑥顿丘：地名。

⑦愆(qiān)：耽误，错过。《说文》："愆，过也。从心衍声。"

⑧媒：媒人。《说文》："媒，谋也，谋合二姓。从女某声。"

⑨将(qiāng)：请。《毛传》："将，愿也。"

无：不要。

⑩秋以为期：以秋为期，以秋天为婚期。

⑪乘：登。甲骨文作𝌆，以人登乘于木上会意。

垝(guǐ)：坍塌，毁坏。《毛传》："垝，毁也。"《说文》："垝，毁垣也。从土危声。"

垣(yuán)：墙。《说文》："垣，墙也。从土亘声。""断壁残垣"的"垣"即用此义。

⑫复关：地名。

⑬泣：眼泪。《说文》："泣，无声出涕曰泣。从水立声。"

涕(tì)：眼泪。《毛传》："自目曰涕。""痛哭流涕"的"涕"即用此义。

涟涟：泪流不止的样子。

⑭载：助词。《毛传》："载，辞也。""载歌载舞"的"载"用法同之。

⑮卜：烧灼龟甲，根据裂纹推测吉凶。甲骨文作𝌆，象裂纹形。

筮(shì)：用蓍(shī)草占卦。

⑯体：兆象。《毛传》："体，兆卦之体。"

咎(jiù)：灾祸。《说文》："咎，灾也。从人从各。各者，相违也。""咎由自取"的"咎"即用此义。

⑰贿：嫁妆。《周礼》注："金玉曰货，布帛曰贿。"《毛传》："贿，财。"

⑱沃若：润泽的样子。

⑲于(xū)：叹词。

嗟(jiē)：叹词。

鸠：斑鸠。《毛传》："鸠，鹘鸠也。"

⑳无：不要。

食：吃。

㉑耽：沉溺，迷恋。

㉒说(tuō)：解脱。

㉓陨(yǔn)：坠落。

㉔徂(cú)：往。

㉕三岁：多年。

㉖汤汤(shāng)：水势浩大的样子。

㉗渐(jiān)：浸湿。"熏陶渐染"的"渐"尚隐约见此义。

帷(wéi)：帐幔。《说文》："帷，在旁曰帷。从巾隹声。"

裳(cháng)：车围子。

㉘爽：差错。《毛传》："爽，差也。""毫厘不爽""屡试不爽"等的"爽"尚存此义。

㉙贰：不专一。

行：行为。

㉚罔：没有，无。"置若罔闻"的"罔"即用此义。

极：准则。

㉛二三：不专一，无定。今犹言"三心二意"。

德：情意，心意。

㉜妇：妻子。《说文》："婦(妇)，服也。从女持帚洒扫也。"

㉝靡(mǐ)：无，没有。

㉞夙：早。

兴（xīng）：起来。

寐：睡。

㉟言：助词，无义。

遂（suì）：成。"功成名遂""未遂""百事顺遂"等的"遂"犹存此义。

㊱暴：凶狠，暴虐。

㊲咥（xì）：笑的样子。《毛传》："咥咥然笑。"《说文》："咥，大笑也。从口至声。"

其：助词，附于形容词后，相当于"然"。"极其""尤其"的"其"尚存此义。

㊳言：助词，无实义。

㊴躬：自己。

悼：悲伤。《毛传》："悼，伤也。"

㊵偕：一起。《毛传》："偕，俱也。"今犹有"白头偕老"。

㊶隰（xí）：低湿的地方。《毛传》："高平曰原，下湿曰隰。"《说文》："隰，阪下湿也。从𨸏，㬎声。"

泮（pàn）："畔"，边岸。《毛传》："泮，陂也。"

㊷总角：古时未成年男女把头发扎成左右两个结，故称"总角"。《毛传》："总角，聚两髦也。"

宴：安闲快乐。《诗集传》："宴，乐也。"《说文》："晏，安也。从宀晏声。"《邶风·谷风》"宴尔新昏"的"宴"亦用此义。

㊸晏晏：和悦的样子。《毛传》："晏晏，和柔也。"

㊹信誓：诚挚的誓言。

旦旦：真诚恳切的样子。

㊺不思：不曾想，没想到。

反：反复，变心。

㊻已：停止，终止。"死而后已"的"已"即用此义。

焉哉：语气词连用，加强感叹语气。

【简析】

　　第一章写相识相恋。第二章写交往结婚。第三章规劝少女们不要被爱情冲昏了头脑。第四章写自己任劳任怨，但丈夫还是变了心。第五章写自己多年的辛劳和无处诉说的委屈。第六章写女主人公决绝地表示算了吧，结束这段错误的感情。

3. 邶风·谷风

【题解】

　　当爱已成往事，就让一切都随风飘散。

【诗篇】

习习谷风①，以阴以雨②。

黾勉同心③，不宜有怒。

采葑采菲④，无以下体⑤。

德音莫违⑥，及尔同死。

行道迟迟⑦，中心有违⑧。

不远伊迩⑨，薄送我畿⑩。

谁谓荼苦⑪？其甘如荠⑫。

宴尔新昏⑬，如兄如弟⑭。

泾以渭浊⑮，湜湜其沚⑯。

宴尔新昏，不我屑矣⑰。

毋逝我梁⑱，毋发我笱⑲。

我躬不阅㉒，遑恤我后㉑！

就其深矣，方之舟之㉒。
就其浅矣，泳之游之㉓。
何有何亡㉔，黾勉求之。
凡民有丧㉕，匍匐救之㉖。

不我能慉㉗，反以我为雠㉘。
既阻我德㉙，贾用不售㉚。
昔育恐育鞫㉛，及尔颠覆㉜。
既生既育，比予于毒㉝。

我有旨蓄㉞，亦以御冬㉟。
宴尔新昏，以我御穷。
有洸有溃㊱，既诒我肆㊲。
不念昔者，伊余来墍㊳。

【注释】

①习习：和煦舒缓的样子。《毛传》："习习，和舒貌。"今犹有"微风习习"。

谷：山谷。甲骨文作𠔿，表示山谷，山与山的分界处为山谷，谷中多有水流。故"溪"本作"谿"，从谷奚声。

②以：连词，连接两个并列的动词。

③黾(mǐn)勉：勉励，尽力。

④葑：芜菁，蔓菁。

菲：草本植物，似芜菁。孔疏："菲，似菖，茎粗，叶厚而长，有毛。"郭璞《尔雅注》："菲草，生下湿地，似芜菁，华(花)紫赤色，可食。"

⑤以：用。"以理服人""以一当十"等的"以"均用此义。

下体：根。

⑥德音：丈夫当初许下的诺言。

⑦迟迟：缓慢的样子。《毛传》："迟迟，舒行貌。"

⑧中心：心中。

⑨伊：助词，是，乃是。

迩：近。"闻名遐迩"的"迩"即用此义。

⑩薄：助词，无实义。

畿(jī)：门槛，门口。《毛传》："畿，门内也。"

⑪荼：苦菜。《毛传》："荼，苦菜也。"《说文》："荼，苦荼也。从艸余声。"

⑫荠(jì)：荠菜。

⑬宴：安乐。《毛传》："宴，安也。"

昏：古代婚礼昏时举行，故谓之昏，后来写作"婚"。

⑭如兄如弟：像兄弟般亲热。

⑮泾：泾水。

以：因。

渭：渭水。

浊：浑浊。

⑯湜湜(shí)：水清见底的样子。《说文》："湜，水清底见也。从水是声。"

沚(zhǐ)：通"止"，静止。

⑰屑：顾惜。

⑱毋：不要。

逝：去往。《说文》："逝，往也。从辵折声。"

梁：捕鱼的堤堰。《毛传》："梁，鱼梁。"

⑲发：打开。

笱(gǒu)：捕鱼竹具。《毛传》："笱，所以捕鱼也。"《说文》："笱，曲竹捕鱼笱也。从竹从句，句亦声。"段玉裁注："鱼梁皆石，绝水。笱，曲竹为之，以承孔，使鱼入其中不得去者。"

⑳躬：自己，自身。《郑笺》："躬，身也。"

阅：容，容纳。《毛传》："阅，容也。"

㉑遑：暇，空闲。《毛传》："遑，暇也。""不遑"即无瑕，没有闲暇。

恤：忧虑，顾及。《郑笺》："恤，忧也。"

㉒方：筏子，用作动词。《毛传》："方，泭也。"段玉裁注："泭者，编木以为渡。"

舟：船。甲骨文作 ，象船形。

㉓泳：潜行。《毛传》："潜行为泳。"

游：浮行。

㉔亡：无，没有。

㉕丧：灾难，凶祸。

㉖匍匐：手足并行，全力，尽力。《郑笺》："匍匐，言尽力也。"

㉗惛(xù)：同"嫡"。好，爱。《说文》："嫡，媚也，从女畜声。"段玉裁《说文解字注》："嫡有媚悦之义。凡古经传用畜字多有为嫡之假借者。"《吕氏春秋》有"民，善之则畜也，不善则雠也"，"畜""雠"相对而言，同此。

㉘雠：同"仇"，仇敌。

㉙阻：拒绝。"推三阻四"的"阻"犹存此义。

德：善，好意。

㉚贾(gǔ)：卖。《说文》："贾，市也。从贝西声。"段玉裁注："贾者，凡买卖之称也。"

用：物品。

售：卖出。《说文新附》："售，卖去手也。从口，雠省声。""不售"即卖不出去。

㉛昔：以前。

育：生活。

恐：害怕，恐惧。《说文》："恐，惧也。从心巩声。"

鞫(jū)：贫穷，穷困。《毛传》："鞫，穷也。"《说文》："鞫，穷理罪人也。"段玉裁注："鞫与穷一语之转，故以穷治罪人释鞫。引申为凡穷之称。"

㉜颠覆：困顿，困窘。

㉝毒：毒虫。

㉞旨：甘美，美味。《毛传》："旨，美也。"《说文》："旨，美也。从甘匕声。"

蓄：储藏（的蔬菜）。《说文》："蓄，积也。从艸畜声。"

㉟御：抵挡。《毛传》："御，禦也。""御"为驾御，"禦"为禁禦，常通用，后合一。

㊱有：助词，放在动词、形容词、名词前，无义。

洸(guāng)：洸洸，喻粗暴的样子。《说文》："洸，水涌光也。从水从光，光亦声。"

溃：溃溃，喻暴怒的样子。"溃"本指水冲破堤岸。

㊲诒：给。《毛传》："诒，遗也。"

肄(yì)：劳苦。《毛传》："肄，劳也。"

㊳伊：助词，惟。

余：我。

来：助词，放在动词前。

塈(xì)：休息。《毛传》："塈，息也。"

【简析】

第一章以风雨喻丈夫喜怒无常，以采蔓菁不采根喻丈夫丢了根本。第二章一方凄凉离开与一方甜蜜新婚形成鲜明对比，表现丈夫的绝情。第三章表明自己的坚贞与决绝。第四章回忆往日的艰辛与付出。第五章指责丈夫家境好转了就将自己抛弃。第六章往日的辛劳、丈夫的背弃全都涌上心头，无法忍受，既已不念旧情，那就不恋过往，结束这一切吧。

4. 邶风·柏舟

【题解】

眼里容不得沙子，心里藏满了委屈。

【诗篇】

泛彼柏舟①，亦泛其流②。

耿耿不寐③，如有隐忧④。

微我无酒⑤，以敖以游⑥。

我心匪鉴⑦，不可以茹⑧。

亦有兄弟，不可以据⑨。

薄言往愬⑩，逢彼之怒。

我心匪石，不可转也⑪。

我心匪席⑫，不可卷也。

威仪棣棣⑬，不可选也⑭。

忧心悄悄⑮，愠于群小⑯。

觏闵既多⑰，受侮不少。

静言思之⑱，寤辟有摽⑲。

日居月诸⑳，胡迭而微㉑？

心之忧矣，如匪澣衣㉒。

静言思之，不能奋飞㉓。

【注释】

①泛：漂浮。《说文》："泛，浮也。从水乏声。"

柏(bǎi)舟：柏木船。

②亦：助词，放于句首，无义。

流：流水。

③耿耿：忧虑不安的样子。《毛传》："耿耿，犹儆儆也。""耿耿于怀"即用此义。

寐：睡。《毛传》："寐，寝也。""夙兴夜寐""梦寐以求"的"寐"均存此义。

④隐：痛苦忧伤。《毛传》："隐，痛也。"

⑤微：非，不是。

⑥以：助词，无义。

敖：出游，游玩。《毛传》："敖，游也。"《说文》："𢾅，出游也。从出从放。"《经典释文》："敖，本亦作遨。"

⑦匪：非，不是。《说文》："匪，器，似竹筐。从匚非声。"段玉裁注："匪筐古今字。……有借为非者，如《诗》'我心匪鉴''我心匪石'是也。"

鉴：镜子。《毛传》："鉴，所以察形也。"

⑧茹(rú)：包含，容纳。"含辛茹苦"的"茹"尚存此义。

⑨据：凭依，依靠。《毛传》："據(据)，依也。"《说文》："據(据)，杖持也。从手豦声。"段玉裁注："谓倚杖而持之也。杖者人所据，则凡所据皆曰杖。"

⑩薄：助词，用于动词前，无义。《毛传》："薄，辞也。"

言：助词，用于动词前，无义。

往：去，到。甲骨文作𤴔，从之王声。金文增义符彳作徃（王吴王光鉴）。《说文》："徍，之也。从彳㞷声。"隶变中，部件"㞷"渐省写成"主"。

愬(sù)：诉说，告诉。《说文》："诉，告也。从言，斥省声。……诉

（诉）或从言、朔。愬，訴或从朔、心。"

⑪转：转动。《毛传》："石虽坚，尚可转。"

⑫席，席子，用草或苇编的供坐卧的垫子。

⑬威仪：仪容。

棣棣（dì）：雍容闲雅的样子。《毛传》："棣棣，富而闲习也。"

⑭选：数，计算。《毛传》："物有其容，不可数也。"

⑮悄悄（qiǎo）：忧愁的样子。"悄然泪下"的"悄"即用此义。《说文》："悄，忧也。从心肖声。"

⑯愠（yùn）：怨恨。《说文》："愠，怒也。从心昷声。"

群小：众小人。

⑰覯（gòu）：遇见，遭遇。

闵（mǐn）：忧患，痛苦。

⑱静：审，仔细。《说文》："静，审也。从青争声。"段玉裁注："采（彩）色详审得其宜谓之静。……安静本字当从立部之竫。"

言：助词。

⑲寤：醒悟。《说文》："寤，寐觉而有言曰寤。从寢省，吾声。"

辟：擗，拍胸。《毛传》："辟，拊心也。"

有：助词，放在动词前。

摽（biào）：拍，击打。《毛传》："摽，拊心貌。"《说文》："摽，击也。从手票声。"

⑳居、诸：语气词，相当于"乎"。

㉑胡：为何。

迭：更迭。

微：昏暗不明。

㉒瀚（huàn）：浣，洗涤。《说文》："瀚（澣），濯衣垢也。从水龺声。浣，瀚或从完。"段玉裁注："作澣者，今俗字也。"

㉓奋：鸟振翅欲飞。《说文》："奮（奋），翚也。从奞在田上。"又"奞，鸟张毛羽自奞也。从大从隹。"

【简析】

首章写辗转难眠，无以解忧。次章写忧愁难忍，无处倾诉。第三章表明坚定的原则立场。第四章回忆遭遇构陷，辛酸叹息。末章幽怨难平，无力解脱。

5. 邶风·日月

【题解】

太阳照常升起，往日温情已不再。

【诗篇】

日居月诸①，照临下土②。
乃如之人兮③，逝不古处④。
胡能有定⑤？宁不我顾⑥！

日居月诸，下土是冒⑦。
乃如之人兮，逝不相好⑧。
胡能有定？宁不我报⑨！

日居月诸，出自东方。
乃如之人兮，德音无良⑩。
胡能有定？俾也可忘⑪。

日居月诸，东方自出。
父兮母兮，畜我不卒⑫。
胡能有定？报我不述⑬。

【注释】

①居、诸：语气词。《毛传》："日乎月乎，照临之也。"

②临：从高处往低处。金文作 🖐 大盂鼎，以人俯视器物会意。

③乃如：转语词。相当于"可是竟"。

之：这。

④逝：助词，无义。

古：原来的。《毛传》："古，故也"

处：相处，相待。朱熹《诗集传》："古处，以古道相处也。"

⑤胡：何，怎么。《毛传》："胡，何也。"

定：停息。《毛传》："定，止也。"

⑥宁（nìng）：竟。

顾：顾念，思念。

⑦冒：覆盖。《毛传》："冒，覆也。"《说文》："冒，冢而前也。从月从目。"引申有覆盖义。

⑧好：友爱。"百年好合"的"好"即用此义。

⑨报：回报。朱熹《诗集传》："报，答也。"

⑩德音：德行。

⑪俾（bǐ）：使。

⑫畜（xù）：养。一说同"嬆"，好、爱。《说文》："嬆，媚也，从女畜声。"段玉裁《说文解字注》："嬆有媚悦之义。凡古经传用畜字多有为嬆之假借者。"

卒：终，完。

⑬述：述说。

【简析】

各章以日月如常照耀大地开篇，兴中有比，质问丈夫为何不能像往常一样顾念自己。反复咏叹，怨愤不已。

6. 邶风·终风

【题解】

为你我受冷风吹，不想缘尽留伤悲。

【诗篇】

终风且暴①，顾我则笑②。
谑浪笑敖③，中心是悼④。

终风且霾⑤，惠然肯来⑥？
莫往莫来⑦，悠悠我思⑧。

终风且曀⑨，不日有曀⑩。
寤言不寐⑪，愿言则嚏⑫。

曀曀其阴⑬，虺虺其雷⑭。
寤言不寐，愿言则怀⑮。

【注释】

①终：整。《毛传》："终日风为终风。"

暴：急骤，猛烈。《毛传》："暴，疾也。""暴风骤雨""暴雨"的"暴"即用此义。

②顾：回头看，泛指看。《说文》："顾，还视也。从页雇声。""左顾右盼""相顾一笑""顾影自怜""顾名思义"的"顾"等均用看义。

③谑（xuè）：戏谑。

浪：放荡。

敖：戏弄，不敬。《毛传》："言戏谑不敬。"

④悼：悲伤。

⑤霾(mái)：尘土飞扬。《毛传》："霾，雨土也。"《说文》："霾，风雨土也。从雨貍声。"

⑥惠然：友善、和顺的样子。

⑦莫：不。

⑧悠悠：忧思的样子。

⑨曀(yì)：天色阴暗。《毛传》："阴而风曰曀。"

⑩不：没有，无。

有：又。

⑪寤：醒。《说文》："寤，寐觉而有言曰寤。从㝱省，吾声。"

寐：睡。"梦寐以求""夙兴夜寐"等的"寐"即用此义。《说文》："寐，卧也。从㝱省，未声。"

⑫愿：希望。"如愿以偿""事与愿违"等的"愿"即用此义。

言：助词，无义。

嚏(tì)：喷嚏。《郑笺》："今俗人嚏云'人道我'，此古之遗语也。"

⑬阴：阴暗，昏暗。

⑭虺虺(huǐ)：雷声。《毛传》："暴若震雷之声虺虺然。"

⑮怀：思念，想念。"怀旧""怀乡""缅怀"等的"怀"即用此义。

【简析】

虽然丈夫温情不再，但仍心存一丝幻想，希望他悔悟，重归于好。

7. 王风·中谷有蓷

【题解】

遭遇离弃，自哀自悼。

【诗篇】

> 中谷有蓷①，暵其乾矣②。
>
> 有女仳离③，嘅其叹矣④。
>
> 嘅其叹矣，遇人之艰难矣⑤！
>
> 中谷有蓷，暵其脩矣⑥。
>
> 有女仳离，条其歗矣⑦。
>
> 条其歗矣，遇人之不淑矣⑧！
>
> 中谷有蓷，暵其湿矣⑨。
>
> 有女仳离，啜其泣矣⑩。
>
> 啜其泣矣，何嗟及矣⑪！

【注释】

①中谷：谷中。

蓷(tuī)：益母草。《尔雅》郭璞注："今茺蔚也。叶似萑，方茎，白华，华在节间，又名益母。"

②暵(hàn)：枯萎。《毛传》："暵，菸(yū)貌。"

其：助词。放在形容词后，相当于"然"。

乾：干枯。

③仳(pǐ)：分离，分别。《毛传》："仳，别也。"《说文》："仳，别也。从人比声。"

④嘅(kǎi)：叹息，感慨。《说文》："嘅，叹也。从口既声。"

其：助词。放在形容词后，相当于"然"。

⑤遇：碰到。

艰难：困苦。

⑥脩：干枯，枯萎。《毛传》："脩，且乾也。"《说文》："脩，脯也。

从肉攸声。"

⑦条：长。《毛传》："条条然啸也。"

歗：同"啸"。《说文》："歗，吟也。从欠肃声。"

⑧淑：善。"贤淑"的"淑"亦用此义。《说文》："淑，清湛也。从水叔声。"引申指善良、美好。

⑨湿："暵"，《玉篇》："暵，欲乾也。"一曰湿、脩、乾表现了菼干枯的过程。

⑩啜（chuò）：哭泣时抽噎。《毛传》："啜，泣貌。"

泣：低声哭。《说文》："泣，无声出涕曰泣。从水立声。""哭，哀声也。从叩，狱省声。"

⑪何：疑问代词，什么。"何及"犹言能达到什么、有什么用呢？

嗟：悲叹，叹息。

【简析】

三章句式与内容相仿，反复吟咏。遇人不淑，被抛弃，痛苦叹息。

8. 小雅·何人斯

【题解】

男子对自己不闻不问，反复无常，女子失望至极，愤懑难平。

【诗篇】

彼何人斯①？其心孔艰②。

胡逝我梁③，不入我门？

伊谁云从④？维暴之云⑤。

二人从行，谁为此祸⑥？
胡逝我梁，不入唁我⑦？
始者不如今⑧，云不我可⑨。

彼何人斯？胡逝我陈⑩？
我闻其声，不见其身。
不愧于人？不畏于天？

彼何人斯？其为飘风⑪。
胡不自北？胡不自南？
胡逝我梁？祗搅我心⑫。

尔之安行⑬，亦不遑舍⑭。
尔之亟行⑮，遑脂尔车⑯。
壹者之来⑰，云何其盱⑱。

尔还而入⑲，我心易也⑳。
还而不入，否难知也㉑。
壹者之来，俾我祇也㉒。

伯氏吹埙㉓，仲氏吹篪㉔。
及尔如贯㉕，谅不我知㉖。
出此三物㉗，以诅尔斯㉘。

为鬼为蜮㉙，则不可得。
有靦面目㉚，视人罔极㉛。
作此好歌，以极反侧㉜。

【注释】

①何人：什么人。

斯：句末语气词。

②孔：很。"孔武有力"的"孔"即用此义。

艰：深而难察，险恶。朱熹《诗集传》："艰，险也。"《说文》："𡠗
（艰），土难治也。从堇，艮声。"段玉裁注："引申之，凡难理皆曰艰。"

③胡：为什么。

逝：去往。

梁：鱼梁，捕鱼的堤堰。

④伊：代词，他。

云：句中助词，无义。

从：跟随，跟从。甲骨文作𠂤、𠘧，以两个人前后相随会意。

⑤维：助词，帮助判断。

暴：粗暴。

⑥为：做。

⑦唁（yàn）：慰问遭遇变故的人。

⑧如：像。

⑨云：助词。

可：善，好。

⑩陈：堂下至门的路。《毛传》："陈，堂途也。"《尔雅》郭璞注："堂
下至门径也。"

⑪飘风：暴风，疾风。《毛传》："飘风，暴起之风。"

⑫祇（zhǐ）：只，恰。

搅：扰乱。

⑬安：缓慢。朱熹《诗集传》："安，徐。""安步当车"的"安"即用
此义。

⑭遑(huáng)：闲暇。

舍：停止，休息。"锲而不舍""不舍昼夜"的"舍"即用此义。

⑮亟(jí)：急，快速。《说文》："亟，敏疾也。"

⑯脂：作动词用，用油脂润滑车轴。

⑰壹者：前次，上次。

之：前往。

⑱云：助词，无义。

何其：多么。

盱(xū)：忧愁。《说文》："盱，张目也。从目于声。"段玉裁注："凡忧者亦有张目直视者也。"

⑲还：回。《说文》："還(还)，复也。从辵睘声。"

⑳易：和悦。"平易近人"的"易"即用此义。

㉑否(pǐ)：不通达。"否极泰来"的"否"即用此义。

㉒俾(bǐ)：使。

疧："痕"，病。《说文》："痕，病也。从疒氏声。"

㉓伯：长幼排行第一的。

埙(xūn)：陶土烧制的吹奏乐器。

㉔仲：长幼排行第二的。

篪(chí)：竹制管乐器。

㉕及：和，与。

贯：贯串。《说文》："贯，钱贝之贯。从毌、贝。"

㉖谅：诚，真。《说文》："谅，信也。从言京声。"

不我知：不知我。

㉗三物：猪、犬、鸡。《毛传》："三物，豕、犬、鸡也。"

㉘诅(zǔ)：诅咒。

斯：语气词。

㉙蜮(yù)：传说中一种含沙射人的动物。

㉚有：词头，放在名词、动词、形容词前。

覥(tiǎn)：面目见人的样子。《毛传》："覥，姡也。"《说文》："腆，面见也。从面见，见亦声。"朱熹《诗集传》："覥，面见人之貌。"

㉛罔：没有，无。"置若罔闻"的"罔"即用此义。

极：准则，标准。

㉜反侧：反复无常。《毛传》："反侧，不正直也。"

【简析】

《毛传》以为这是一首借弃妇指斥丈夫薄情写苏、暴二公政治纠葛的诗，多有学者主张单纯以弃妇诗解读，也比较顺畅。

第一章写男子现在变得好像已经不是当初认识的那个人了，不愿意亲近自己了。第二章质问男子何以变成今天这个样子。第三章责问男子难道你就不感到愧疚吗？第四章写男子行迹飘忽让自己心神不宁。第五章写男子常不归家，让自己心忧。第六章写男子好不容易回家来了，却懒得理自己。第七章当初夫妻和谐与今天形同陌路形成对比，不由得怨愤难平。第八章指斥男子反复无常，希望此生不再相见。

9. 小雅·谷风

【题解】

往日是谁，在疲累中给以安慰？

【诗篇】

习习谷风①，维风及雨②。

将恐将惧③，维予与女④。

将安将乐，女转弃予⑤。

习习谷风，维风及颓⑥。

将恐将惧，寘予于怀⑦。

将安将乐，弃予如遗⑧。

习习谷风，维山崔嵬⑨。

无草不死，无木不萎。

忘我大德⑩，思我小怨⑪。

【注释】

①习习：风声。今犹有"微风习习"。

②维：助词。

③将：又，且。"将信将疑"的"将"同之。

④维：只。

女：你，后用"汝"。

⑤转：反而，反倒。

⑥颓：从上而下的暴风。《毛传》："颓，风之焚轮者也。"焚轮，风名，旋风。

⑦寘(zhì)：放置。《说文·新附》："寘，置也。从宀真声。"

⑧遗：遗忘。《郑笺》："如遗者，如人行道，遗忘物，忽然不省存也。"

⑨崔(cuī)：高大。《说文》："崔，大高也。从山隹声。"

嵬(wéi)：高而不平。《说文》："嵬，高不平也。从山鬼声。"

⑩大德：大功德，即当初共患难。

⑪小怨：小缺点，小毛病。

【简析】

谴责丈夫只可共患难，不能同安乐。往日艰难时，相依为命，相濡以沫；而今安乐，求全责备，弃如敝履。

10. 小雅·白华

【题解】

多想一心一意一辈子，而你却三心二意把我弃。

【诗篇】

白华菅兮①，白茅束兮②。
之子之远③，俾我独兮④。

英英白云⑤，露彼菅茅⑥。
天步艰难⑦，之子不犹⑧。

滮池北流⑨，浸彼稻田⑩。
啸歌伤怀⑪，念彼硕人⑫。

樵彼桑薪⑬，卬烘于煁⑭。
维彼硕人，实劳我心⑮。

鼓钟于宫⑯，声闻于外⑰。
念子懆懆⑱，视我迈迈⑲。

有鹜在梁⑳，有鹤在林。
维彼硕人，实劳我心。

鸳鸯在梁，戢其左翼㉑。
之子无良，二三其德㉒。

有扁斯石㉓，履之卑兮㉔。

之子之远，俾我疧兮㉕。

【注释】

①华：花。金文作 𠦄𠆤，下象茎叶，上象盛开的花朵。"春华秋实"
"华而不实"的"华"犹可见其本义。

菅(jiān)：草本植物，茎叶可盖屋做帚，沤之使柔，可编鞋织席。

②束：捆束。

③之子：这个人。

之：去往。甲骨文作 𡴭，以脚离开此地表前往之意。

④俾(bǐ)：使。

⑤英英：云洁白的样子。《毛传》："英英，白云貌。"朱熹《诗集传》：
"英英，清明之貌。"

⑥露：滋润。《说文》："露，润泽也。从雨路声。"

⑦天步：命运。

艰难：困苦。

⑧犹：如。

⑨滮(biāo)：水名。

⑩浸：浸润。

⑪啸(xiào)：长叹。《说文》："啸，吹声也。从口肃声。"

歌：咏唱。《说文》："歌，咏也。从欠哥声。"《礼记·乐记》："歌之
为言也，长言之也。"

⑫硕：高大。《说文》："硕，头大也。从页石声。"引申为凡大之称。

⑬樵：砍柴。《说文》："樵，散木也。从木焦声。"

桑薪：桑木柴火，薪之善者。

⑭卬(áng)：我，自称。

煁(chén)：可移动的火炉。《毛传》："煁，烓灶也。"《说文》："烓，

行灶也。从火圭声。"朱熹《诗集传》："煁，无釜之灶，可燎而不可烹饪者也。"

⑮劳：忧伤，忧愁。《齐风·甫田》"无思远人，劳心忉忉"的"劳"同之。

⑯鼓：敲击。甲骨文作𝅘，以手持槌击鼓会意。

⑰闻：听见。"闻鸡起舞""闻所未闻""举世闻名"等的"闻"即用此义。《说文》："闻，知声也。从耳门声。"

⑱慅(cǎo)慅：忧愁不安的样子。《毛传》："慅慅，忧不乐也。"《说文》："慅，愁不安也。从心𠃌声。"

⑲迈迈：不高兴的样子。《毛传》："迈迈，不说(悦)也。"一说轻慢。朱熹《诗集传》："迈迈，不顾也。"

⑳鹙(qiū)：水鸟，头项皆无毛，秃鹙。

梁：水中堤堰。《毛传》："石绝水曰梁。"

㉑戢(jí)：收敛。

㉒二三其德：三心二意。

㉓有：助词，放在单音节形容词前。

斯：这。

㉔履：踩踏。"如履薄冰"的"履"即用此义。

卑：低下。

㉕痕(qí)：忧思成病。《毛传》："痕，病也。"

【简析】

前三章前半部分分别以"白茅束兮""露彼菅茅""浸彼稻田"喻夫妇相亲相爱，后半部分丈夫的薄情寡义与之形成鲜明对比。第四章以桑薪不得其用表现自己的忧伤。第五章写念念不忘，必有回响，但自己付出却得不到相应的回应。第六章"有鹙在林"表现本应被欣赏反遭遗弃的伤心。第七章借不离不弃的鸳鸯指斥丈夫感情不专一。第八章表现被抛弃的哀伤怨恨。

第三节 悼亡

1. 邶风·绿衣

【题解】

睹衣思人，一针一线都是爱。

【诗篇】

> 绿兮衣兮①，绿衣黄里②。
> 心之忧矣，曷维其已③？
>
> 绿兮衣兮，绿衣黄裳④。
> 心之忧矣，曷维其亡⑤？
>
> 绿兮丝兮，女所治兮⑥。
> 我思古人⑦，俾无訧兮⑧。
>
> 绨兮绤兮⑨，凄其以风⑩。
> 我思古人，实获我心⑪。

【注释】

①衣：本指上衣。《毛传》："上曰衣，下曰裳。"甲骨文作 $\widehat{\lozenge}$，象上衣形。

②里：衣服的内层。《说文》："里，衣内也。从衣，里声。"

③曷：何，何时，什么时候。《说文》："曷，何也。从曰匃声。"

维：助词，无义。

已：停止。"死而后已""赞叹不已"等的"已"用义同此。

④裳(cháng)：本指下衣。《说文》："常，下裙也。从巾尚声。裳，常或从衣。""常""裳"本为异体字，后来职能分化，"常"表经常，"裳"表衣裳。

⑤亡：忘，忘记。《郑笺》："亡之言忘也。"一说消失，王引之《经义述闻》："亡，犹已也。"

⑥女：假借指"你"，后来借用"汝"为第二人称代词。

治：纺织。朱熹《诗集传》："治，谓理而织之也。"

⑦古人：故人，此指故妻。

⑧俾(bǐ)：使。

訧(yóu)：过失。《毛传》："訧，过也。"《说文》："訧，罪也。从言尤声。"段玉裁注："亦作尤。""以儆效尤"的"尤"即用此义。

⑨绨(chī)：细葛布。《说文》："绨，细葛也。从糸希声。"

綌(xì)：粗葛布。《说文》："綌，粗葛也。从糸谷声。"

⑩凄其：寒凉的样子。其，助词。放在形容词后，相当于"然"。《秦风·小戎》"温其如玉"、《王风·中谷有蓷》"嘅其叹矣"、《卫风·氓》"咥其笑矣"的"其"同之。

以：连词，而。"梦寐以求"的"以"用法同之。

⑪获：得。"获奖""如获至宝"等的"获"即用此义。

【简析】

前两章拿着妻子做的衣服伤心不已。后两章回想妻子的贤惠、体贴。

2. 唐风·无衣

【题解】

念旧衣，思旧人。

【诗篇】

> 岂曰无衣①？七兮②。
>
> 不如子之衣③，安且吉兮④。
>
> 岂曰无衣？六兮⑤。
>
> 不如子之衣，安且燠兮⑥。

【注释】

①岂：难道。"岂有此理"的"岂"即用此义。

②七：虚数，犹言多。"七手八脚""七嘴八舌"等的"七"均有多义。

③子：你，包括男子、女子。

④安：安适，舒适。

吉：善，好，美。

⑤六：虚数，犹言多。

⑥燠（yù）：温暖，暖和。《毛传》："燠，煖也。"《说文》："燠，热在中也。从火奥声。"

【简析】

衣服虽多，没有一件比得上妻子亲手缝制的合身、舒服。

3. 唐风·葛生

【题解】

没了爱人的陪伴，时间显得尤其漫长。

【诗篇】

葛生蒙楚①，蔹蔓于野②。

予美亡此③，谁与独处④？

葛生蒙棘⑤，蔹蔓于域⑥。

予美亡此，谁与独息⑦？

角枕粲兮⑧，锦衾烂兮⑨。

予美亡此，谁与独旦⑩？

夏之日，冬之夜⑪。

百岁之后⑫，归于其居⑬。

冬之夜，夏之日。

百岁之后，归于其室⑭。

【注释】

①葛（gé）：葛藤。

蒙：覆盖，掩盖。

楚：灌木名。《说文》："楚，丛木。一名荆也。从林疋声。"

②蔹（liǎn）：蔓生草本植物。

蔓：蔓延。《毛传》："葛生延而蒙楚，蔹生蔓于野。"

③予：我。

美：此指爱人。

亡：不在，离开。

④与：和……在一起。

处：居，住。"穴居野处"的"处"即用此义。

⑤棘：酸枣树。《说文》："棘，小枣丛生者。从并朿。"

⑥域（yù）：坟地，墓地。

⑦息：休息，歇息。《毛传》："息，止也。"

⑧角枕：角制的枕头。闻一多《风诗类钞》："角枕、锦衾，皆敛死者所用。"

粲：鲜明华美。朱熹《诗集传》："粲、烂，华美鲜明之貌。"段玉裁《说文解字注》："粲米最白，故为鲜好之称。"

⑨锦衾：锦缎被子。

烂：光彩明亮。

⑩旦：天亮。"枕戈待旦""通宵达旦"等的"旦"即用此义。《说文》："旦，明也。从日见一上。一，地也。"

⑪夏之日，冬之夜：夏天日长，冬天夜长，言时间漫长。

⑫百岁之后：死后。

⑬居：此指坟墓。

⑭室：此指墓穴。

【简析】

葛藤覆盖着荆树、枣树，相依相偎，主人公形单影只，寂寞悲凉。思念墓中之人，时间漫长，希望死后同眠。

附录　各章节篇目一览

参考文献

（西汉）毛亨传，（东汉）郑玄笺：《毛诗传笺》，中华书局 2018 年版。

（唐）孔颖达：《毛诗正义》，人民文学出版社 2012 年版。

（宋）朱熹：《诗集传》，中华书局 2017 年版。

马瑞辰：《毛诗传笺通释》，中华书局 1989 年版。

王先谦：《诗三家义集疏》，中华书局 2011 年版。

王引之：《经义述闻》，中华书局 2021 年版。

王引之：《经传释词》，上海古籍出版社 2016 年版。

方玉润：《诗经原始》，中华书局 1986 年版。

陈子展：《诗经直解》，复旦大学出版社 2015 年版。

金开诚：《诗经》，中华书局 1980 年版。

高亨：《诗经今注》，上海古籍出版社 2017 年版。

蒋立甫：《诗经选注》，北京出版社 1981 年版。

余冠英：《诗经选》，人民文学出版社 1979 年版。

人民文学出版社编辑部：《诗经鉴赏集》，人民文学出版社 1986 年版。

孙作云：《诗经与周代社会研究》，中华书局 1966 年版。

朱东润：《诗三百篇探故》，上海古籍出版社 1981 年版。

赵霈林：《诗经研究反思》，天津教育出版社 1989 年版。

向熹：《诗经词典》，商务印书馆 2014 年版。

闻一多：《诗经研究》，巴蜀书社 2002 年版。

陈奂：《诗毛氏传疏》，商务印书馆 1933 年版。

周振甫：《诗经译注》，中华书局 2016 年版。

程俊英、蒋见元：《诗经注析》，中华书局 2017 年版。

褚斌杰：《诗经全注》，人民文学出版社 2019 年版。

傅斯年：《诗经》讲义，中华书局 2014 年版。

后 记

本书系中南财经政法大学校级本科教材建设项目（JC2022028）、中南财经政法大学中央高校基本科研业务费专项资金资助项目（2722022BY012）、国家社科基金重大项目（20&ZD307）、国家语委科研项目（YB145-58）成果。

教学总是促人思考，这些思考使得每个老师的课堂呈现出一些自己的特点，课堂的魅力可能正在于此。自 2019 年开设"《诗经》爱情诗赏析"课程以来，在字词训释、篇章理解上累积了一些想法，经过仔细查阅前贤相关著述，觉得一些思考有一定的价值，于是萌生了撰作这本教材的想法。当然，主要是为了方便教学，《西游记》里孙悟空那么神通广大，也要寻一件称手的兵器哩，何况我等凡人？如果偶然获得有关学者的关注，给予批评指正，促进提高与完善，那实在是意外之喜。

谭飞

2023 年 1 月 12 日